紐結びの魔道師

乾石智子

紐結び《テイクオク》の魔道師リクエンシス。紐を蝶結び，漁師結び，釘結びとさまざまに結ぶことで，幸福をからめとり，喜びを呼びこむかと思えば，巧みに罠をしかけ，迷わせもする。あるときは腹に一物ある貴石占術師を煙に巻き，魔道師を目の敵にする銀戦士と戦い，あるときは炎と大地の化け物退治に加勢する羽目になり，またあるときはわがままな相棒の命を救わんと奮闘し，果ては写本の国パドゥキア目指して危険な砂漠を横断する。コンスル帝国衰退の時代，招福の魔道師とも呼ばれるリクエンシスの活躍を描く，〈オーリエラントの魔道師〉シリーズ最新作。

登場人物

リクエンシス……………………紐結びの魔道師

紐結びの魔道師
エンス……………………………漁師
リコ（グラーコ）………………書記
カッシ……………………………貴石占術師
ペイストラス……………………サンサンディアの市長
ベアルナ…………………………市長夫人
ニャルカ…………………………ペイストラスの長女
マーヤ……………………………ペイストラスの次女
フィラス…………………………ペイストラスの長男
ジョーコナー……………………銀戦士の隊長
リード……………………………銀戦士

冬の孤島
パルスモ…………………………ペテン師

コヨール……………………パルスモのタイラル犬
オルスル……………………フォアサインの魔道師
モルスス……………………口入れ屋
ファイフラウ………………炎の化け物
ブロンハ……………………大地の化け物

水分け
リコ（グラーコ）…………書記
ハミユ………………………農家のおかみ

子孫
ニーナ………………………踊り子

魔道師の憂鬱
シンドヤ……………………〈星読み〉の少女
ケルシュ……………………ギデスディンの魔道師

コンスル帝国版図
テオ
スタルビ
〈北の海〉
イスル川
イスリル侵攻
グロン川
キンキアード
サジサンディア
ローランディア
ペッラ
グロリオサ
キンキ山地
ダアド
ルデロ川
〈山の村〉
クルーデロ海
フェデレント
フェデル
イスリル侵攻
グルディ

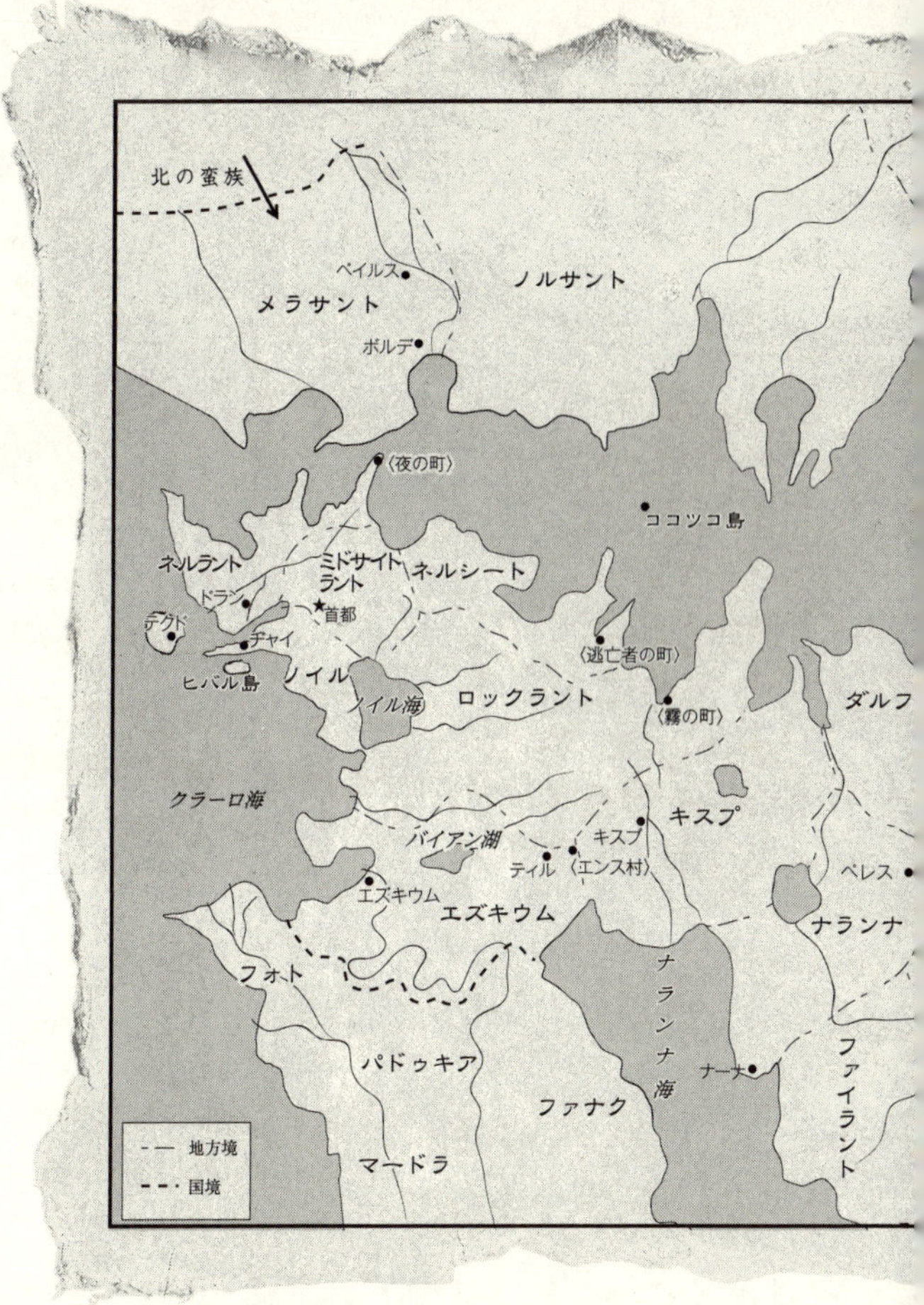
北の蛮族
ベイルス
メラサント
ノルサント
ボルデ
〈夜の町〉
ココツコ島
ネルラント
ミドサイトラント
ネルシート
ドラン
首都
テクド
ヂャイ
ヒバル島
ノイル
ノイル海
ロックラント
〈逃亡者の町〉
〈霧の町〉
ダルフ
クラーロ海
キスプ
バイアン湖
キスプ
ティル
〈エンス村〉
ペレス
エズキウム
エズキウム
ナランナ
フォト
ナランナ海
パドゥキア
ファナク
ナーナ
ファイラント
マードラ
地方境
国境

紐結びの魔道師

乾石智子

創元推理文庫

LIK ENCISS

by

Tomoko Inuishi

2013, 2016

目次

紐結びの魔道師

紐結びの魔道師

Lik Enciss

1

右手の指に十個の指輪。

左手の指にも十個の指輪。

額には黄玉の飾り。

貴石占術師カッシは、それだけではない、身体中に貴石宝石を飾りたててやってきた。

エンスはちょうどそのとき、試合中だった。相手の剣闘士マーセンサスの大剣を長剣の峰で受けながら、思わず吹きだした。力が抜けて、額に一瞬、大剣の刃があたり、斜めに切られるのがわかった。びっくりしたのはマーセンサスの方だった。あわてて飛びのく、と同時に大剣を手放す。武器は砂の上をすべりながら、ローランディア地方の秋の陽を受けてきらりと反射した。

観衆から罵声《ばせい》が浴びせられ、すべての親指が下をむき、マーセンサスは呆れはてて首を振る。

エンスは腿《もも》に両手をあてて前かがみになり、いまだに笑いつづけていた。

「おおい、おいおい、エンスゥ、人を馬鹿にするのもたいがいにしろ。試合中によそ見して、気が入っていないのが一番危ない。……危うくおまえを本当に真っ二つにしちまうところだったじゃないかぁ」

腰に手をあて、両足を大きくひらいて、野太い声でマーセンサスは嘆く。いや悪い、悪い、と片手をあげて謝りながら、どうにも笑いをおさめることができない。ここぞとばかりに悪意のない盛大な野次を浴びせかける観衆にむかって、マーセンサスがまのびした口調で、

「おおい、おまえら、一ビスも賭けてないのに言いたい放題かぁ。文句のあるやつぁついてこい。一杯おごってやらぁ」

と呼びかけると、親指は一斉《いっせい》に上をむき、次いで拳《こぶし》にかわって天を突き、大剣を拾って闘技場を出ていく剣闘士をとりかこみつつ大きな群れになってついていく。

エンスはそこにいたってようやく笑いをおさめ、身体を起こした。

小さな闘技場である。昔はこれでもローランディア地方でも名だたる娯楽の場として連日千人の観客でにぎわったという。名高い剣闘士が巡業に来ることもあったらしいが、それももはや昔日の栄光、今は草むした壁際、苔《こけ》むした石段、その壁も石も無残なまでに崩れ落ちて修理に来る石工さえいない。せいぜいが、流れの剣闘士と元戦士の手遊《てすさ》び、練習試合に使われるくらいだ。

手の甲で涙と額の浅傷の血をぬぐい、エンスはカッシの姿をさがしたが、観衆にまじって出ていってしまったのだろう、最上段の迫持《アーチ》にとまった烏《からす》の危なっかしくよろめく黒い姿しかなかった。烏の自嘲《じちょう》するような、かあ、という一声を背中に、彼も剣をおさめ、隅に放っておいた外套《セオル》を拾って帰ることにした。

一歩外へ出ると、そこはいまだコンスル帝国の残照輝かしいサンサンディアのにぎやかな街中である。浮き彫りのふんだんな木造家屋は色とりどりの漆喰《しっくい》壁やらりっぱな切妻屋根やらで、男も女も貫頭衣《トゥニカ》にズボンにセオルを羽織って行き来する。しかし、そこにはもはや首まわりにも胴まわりにもがっちりと筋肉をためこんだ帝国人の誉《ほま》れなどは一片もない。往年の帝国元老院議員がこの町を目にすれば、天を仰いで嘆くにちがいない。木造の家だと？　トゥニカにズボンだと？　ローランディア地方はここサンサンディアを中心として、衰えて久しいコンスル帝国とはすでに別の文化圏となっていた。帝国全土がおよそそうした傾向にあり、現皇帝の名さえ言える者は少ないのではないかと常々エンスは思っている。巨大な枝をはりめぐらせたコンスル帝国たる世界樹の、主幹は枯れかけて、落ちた実から出た新芽が、もともとの土壌の養分を助けにそれぞれに成長しはじめた風情なのだ。

エンス、と少年の声に呼ばれてふりかえると、フィラスが軽やかに走ってくるところだった。

「試合、負けたんだって？　珍しいんじゃない？」

エンスは十二歳の少年を軽々と抱きあげて反対側におろした。また笑いが戻ってきて、思わずにやつく。

「いやあ、ちょっと、よそ見したんでな」

「よそ見？　危ないじゃん」

額の傷を指さしてみせて、

「これがその代償だ。しかしおもしろいもの見ちまってな」

「おもしろいもの？　試合中に？」

「身体中宝石だらけの、鳥も竜もあれじゃ顔負けで……」

「ああ、なんとか占いっていうおじさんか。さっきまでそのへんでうろうろしてたけど」

「貴石占術の魔道師だ」

「なんか、偉そうで感じ悪いったら。テイクオクの魔道師のこと根掘り葉掘り聞いてたよ。でも、とっても感じ悪いからあんまり教えてやらなかった」

エンスはフィラス少年の髪をひとなでした。

「そうか。偉そうだったか」

「あれ、リコといい勝負なんじゃないかな。会ったら似た者同士、喧嘩はじめそう」

エンスはくつくつと笑いながら、

「そうか。じゃあ是非とも会わせなきゃ。おもしろい見ものになるぞ」

「それでね、話、違うんだけどね、明日うちに来るでしょ。姉さんの準備に」

「おお、任せておけ」

「ぼくのもね、手伝ってくれる?」

フィラス少年の上の姉は、明後日に結婚式を控えている。その準備にエンスは明日、市長の館に行かなくてはならない。自称ローランディアの支配者、実質的にはサンサンディアの市長ペイストラスは市議会とも折り合いがよく、まあ比較的まっとうな政《まつりごと》をしている。フィラス少年はその三番めの子にして跡継ぎ、閉鎖的な地方の市《まち》の人々皆に目をかけられて、いい育ち方をしている。わかった、任せておけ、と少年の頭をもうひとなでし、また明日な、と約束をする頃には秋の陽射しも傾いて、石畳に長く影が落ちていた。

それからパン屋に寄り、店じまいをはじめた露店の野菜売りから残り物を値切って買い、桟橋の舟に荷をおろす頃には、夕陽は湖の水平線すれすれに尻をつけ、あたりは宵闇と夕焼けのせめぎあう赤銅《しやくどう》色に染まっていた。そこへ、噂の貴石占術の魔道師カッシがどたどたと近づいてきた。

エンスは舟の艫《とも》にあって、もやい綱を今しもほどこうとしていたところだったが、またもや吹きだしそうになった。吹きだしたらその拍子に、小さな舟はバランスがくずれてひっくり返りかねなかったので、懸命にこらえた。

首飾りをじゃらじゃらと鳴らしながらカッシは彼と街とのあいだに立ちはだかり、鼻にかかった甲高い声で居丈高に尋ねた。

「そこのおまえ！　おまえだ、おまえ！　テイクオクの魔道師リクエンシス殿の住居を知っているか？」

フィラス少年の言ったとおりだった。こちらが小さな舟に乗っているみすぼらしい恰好の暇そうな漁師だと見きったとたん、自尊心をここぞとばかりに満足させようとする類《たぐい》の輩《やから》だ。エンスはゆっくりと、慎重に立ちあがった。なるべく舟の中央に寄るようにして、やはり、もう少し大きい舟を手に入れるべきだろうかと考えながら。

カッシは一瞬ひるんだ。立ちあがった彼が、桟橋の上にいる自分よりなおも頭一つ分高い背丈をもって見おろしたからだ。陽に焼けて無精髭の、黒髪もひっつめにして尾羽打ち枯らした風情と見えたのが、広い額に鼻梁《びりょう》のとおった凄みのある顔だちで、湖のような色あいをたたえた瞳が眼光鋭く睨みつけてくれば、カッシでなくても、ごくんと喉仏をひきつらせるだろう。

エンスより三つ四つ年上らしいカッシは、その年にしてすでに小太りになっていた。腰まである金髪を後ろで一つにまとめている。まとめている紐にも、たくさんの青玉がくっついている。高い鷲鼻、深い眼窩《がんか》、これでもう少し痩せたら神官戦士団に入団できるかもしれない、いや、顎のはった輪郭《りんかく》が災いして許可されないかも、などとじろじろと品定めしていると、

「知っているのか、いないのか、早く答えよ」

と気ぜわしい。

「ああ、知ってるぜ」

とエンスは虎の唸りで答えた。カッシはまたもやひるんだが、冷や汗をかきつつも虚勢をはって、では連れていけ、と命じる。エンスは普通の漁師がするように、相手の帯につけた紅玉や袖に見え隠れする銀の腕輪、柘榴《ざくろ》石や緑柱石のはめこまれた金の腕輪――色の組み合わせに難あり、あの意匠はいただけない――、革靴のとめがねに輝く真珠などを値踏みしてから、舟賃はいくら払う、と尋ねた。カッシは邪魔なほど宝石を身につけているくせに、水晶のさざれ石一粒も渡してなるものかといった態度だった。幾度かの応酬ののちに、エンスは肩をすくめた。

「やってらんねえ。かまってられるか」

綱をほどいて漕ぎだそうとすると、カッシもようやく観念したようだった。待て待て、とあわてる。

「おまえだけがリクエンシス殿の住まいを知っているのだと聞いた。案内してもらわんと困る」

「おれは困らん」

「わかった、わかった。言い値で払う。この指輪一個だな」

カッシは右の人差し指から青玉の指輪をはずした。エンスは強欲を装ってにやりとした。

「おれしか知らないって？　そんならもう一個。そら、その、きれいな緑色のやつ」

カッシは舌打ちをしながら渋々要求に応じた。指輪は二つとも、ちゃんとエンスの指におさまった。身体つきは人の二まわりも大柄だが、指は細く長いのだ。そのおかげでエンスは見かけによらず器用でもある。

おっかなびっくり舟に移ったカッシを乗せて、エンスは湖へと漕ぎだした。

ローランディアは湖と沼と川と湿地の土地である。南はフェデレントとの境に山稜を背負い、北へむかう数多《あまた》の河川は〈北の海〉に流れこむ。東へ行けばイスリルが侵攻してきているクルーデロ海沿岸部に至り、西へ行けばダルフ、キスプといったコンスル帝国の中東部に出る。帝国が斜陽になって三百年あまり、もうこのあたりはかつての栄光も水中に没して漁礁となりはて、やたら広い低地の片隅にいくつかの町をかかえるだけだった。

舟に落ちつくと、カッシは懐《ふところ》から手鏡を取りだして、ためつすがめつ自分と問答しはじめた。顎をさすり、鼻の下をなで、額飾りをまっすぐにし、髪をなでつける。エンスは舳先《へさき》の彼方に目をむけながら笑いをこらえる。小太りのオウムにたとえたら、オウムに失礼かもしれない。

「リクエンシスになんの用だ？」

艪《ろ》を動かしながら肩ごしに尋ねると、カッシは思わずぽろりと鏡を落とした。膝の角に引っかかったのをあわてて拾いあげ、そそくさと懐にしまいながら胸を張る。

「魔道師殿に弟子にとってもらうのだ」

「弟子？　あんたが？」

「あ、あんたとは、なんだ、あんた、とは。ぼくはこう見えても――」

「こう見えても？」

「うう……ぼ、ぼくは、ナランナの貴族カルーシであるぞ」

とうとうこらえきれなくなって、エンスは爆笑した。舟がへりまで沈みこみ、危うく水が入ってくるところだった。カッシは真っ青になって舷《ふなばた》にしがみつき、な、何がおかしい、と悲鳴に近い声をあげた。エンスはなおもげらげらと笑いながら、

「あんたは……いやはや！　嘘だってばればれだぞ！」

「な、なに……う、嘘と、嘘というのかっ」

「嘘も嘘、あんたは貴石占術師のカッシ、まちがっても人の弟子になるようなタマじゃなかろうが」

「な、なぜそれを」

「身体中にそんなにじゃらじゃらとありったけの石をくっつけて、子どもでも一目で貴石占術師だってわかるだろうさ」

「そ、そうとは限らん。こんな田舎でぼくを見破るとは、おまえは一体何者だ」

「大袈裟《おおげさ》な。ただの漁師だよ」

指を突きつけようとしたので、ぐらりと舟を揺らしてみせた。カッシはあわててしがみつく。

「田舎者かもしれんがな、昔はミドサイトラント、ネルシート、ロックラントと渡り歩いたことがある。あんたのことも小耳にはさんだよ」

それを聞いたとたん、カッシは背中をのばし、小鼻をふくらませ、得意満面になった。

「そうか！　ぼくはそんなに有名か！」

あんまりいい噂じゃなかったがな、と心の中で返事をするのは、それを口に出したら、かつてどこで何をしていたかをかんぐられることになるからだ。せっかくふくらんだ自尊心だ、湖の上では浮き袋代わりになるかもしれない、そのままにしておこう。

「……で？　本当は何をしに来た？」

カッシはぐっとつまった。言おうか言うまいか、きょろきょろと目を泳がせる。ちょっと舟をぐらつかせてやると、わかったわかったと身体を縮め、吐息をついて冷や汗をぬぐいながら白状した。

「ち……力比べに……」

「力比べ？　魔法のか？」

貴石占術はもともとはその名のとおり、占いから派生した魔法である。占い婆《ばば》が藁《わら》布団の上にいくつかの河原の石を投げて占ったのがはじまりで、一つ一つの石それぞれの力に気づいた誰かが工夫を重ね、やがて病を治したり強力なお守りにしたり、未来を予見するのに使ったり、財を呼びこむのに使ったりした。大地や木から生まれた石には、大地そのものの力が宿っている。やがて大地の魔道師たちが石に宿る力の助けをもらって、雷を落としたり風を吹かせたり、火を走らせたりする方法を編みだした。それらすべてをひっくるめて貴石占術というが、カッ

シはその第一人者であろう。しかし、リクエンシスとの魔法対決となると、

「勝負にはならんだろう」

と失笑を禁じえない。し、失敬な、と気色ばむ魔道師に、

「あんた、テイクオクの魔法が何なのか、ちゃんとわかってんのか？」

と尋ねたのは皮肉でもなんでもなかったのだが、

「そんなこと、おまえごときに言われる筋合いはないっ」

と居丈高に怒鳴られては、肩をすくめるしかなかった。

それまで吹いていた微風がぱたりとやんで、水面がなめらかになった。黙って小島のそばを通りすぎる。水路でつながったたくさんの湖には、多くの小島が点在する。島には人が住んでいるものもあるし、無人のものもある。秋の盛りを迎え、トウヒの銀緑や銀松の青銀を地色にして、真紅や深い赤のカエデ、白ハコヤナギの橙《だいだい》、カラマツの黄金が、夕陽を受けて極光《オーロラ》を写し取ったタペストリーさながらである。ねぐらへゆっくりと移動していくカモの群れが湖面を横切っていく。

エンスは艪を操って方向転換しながら口をひらいた。

「なんで、リクエンシスなんだ？」

するとカッシも自尊心は高くても意固地ではないらしく、ぽつりとつぶやいた。

「キスプの神殿で、リクエンシス殿の魔法を見たのだ」

「キスプの神殿？」

「美の女神《イルモネス》の神殿でな、かつての繁栄はどこへやら、草ぼうぼうの有様ではあったが、それでもわずかな寄進を守ろうと、呪《まじな》い縄が張ってあった」

「ふうん」

「物乞いが供物のパンを取るのに縄の中に入ろうとしたとたん、神殿中の石組が鳴るわ、鳥どもがわめきはじめるわ、それは大騒ぎだった。神官長が、腰を抜かしたそいつを放りだした」

「むうう。パンくらい、くれてやればいいのに。飢えた者に施《ほどこ》しをするのが神殿の役目じゃないか」

「いやっ、そうじゃない」

とカッシが甲高い声を出したので、左手にあらわれてきた島の木々から鳥たちが驚いて飛びたった。

「ぼくはそういうことを言ってるんじゃない」

「……」

「あの呪い縄を、ぼくも破ろうとしたんだ」

それか。エンスはまた吹きだしそうになった。

「なんだ、あんたもパンがほしかったのか」

「そうじゃない、そうじゃないぞ、失敬な。魔法がかかっているから、それを破ってみたいと思ったのだ」

冗談の通じないやつだ。

「……で、できなかったんだな」

「そういうこと」

カッシは重々しくうなずいた。

「それで、リクエンシスを訪ねてはるばるここまで来たのか？　すごい根性だな。キスプからだと……一ヶ月半はかかるだろう」

「むこうを発ったのが春の終わりだった。三ヶ月かかった」

さもありなん。大街道でさえさびれて久しい。宿駅も狐や狼や強盗山賊のねぐらと化し、男でも一人で旅をつづけるにはよほどの用心が必要となる昨今。そこまでして魔法対決に情熱を燃やすと見るには、いかにもカッシは線が細い。自尊心を刺激された、と理由づけしてみても、薄弱な気がする。正面から見おろすと顔をそむける。また別の目的がある、とエンスはふんだ。

まあいいか、と思った。この男を連れて帰ってもリコは困らないだろう。むしろ無聊《ぶりよう》の慰めになると言っておもしろがるはず。湖の水と風を相手の毎日、穏やかだといえば穏やかだが、こうも長くつづくとたまには変わった見せものもほしくなるというものだ。

霧が出てきた。秋の水平線が夕暮れに赤く染まり、早々とねぐらに帰った鳥たちのかすかなつぶやきがあちこちに浮かぶ小島から聞こえてくる。

エンスはとある島の岸辺近くに舟を寄せた。それから吊り松明《たいまつ》に火を入れた。何をするんだ、と聞くカッシに、

「今晩の晩飯。魚をとるんだよ。ちょっと待っててくれ」

と言いおいて、網を投げる。リクエンシスの魔法がかかっている魚網は、灯りに集まってきた魚をとらえて、狭い舟の上にはほどなくぴちぴち跳ねる銀鱗がひらめいた。エンスは小魚を逃がし、もとはタラの一種だったが今では湖にすみついて淡水魚に変化したオスゴスという大魚を二尾と、湖蛇を一匹残した。舟底を這いまわる湖蛇にカッシは悲鳴をあげた。

「へ、蛇っ！　蛇だっ！」

ああ、こいつはうまいんだぜ、皮を剝《は》いでぶつ切りにしてあぶり焼きにするとな、と答えながら、木槌《きづち》で次々に頭を殴っていく。

「今日はお客様が来たからな、きっとリコがイスリル産の塩を出してくれるぞ。口にしたことあるか、イスリルの塩。うまいんだ、これが。すっごく高いけどな。ひとすくいがあんたの一番小さい指輪くらいの値段なんだ」

また悲鳴をあげて艫の方にあとずさるカッシをおもしろく眺めながら、エンスは灯りの下で魚と蛇を手早くさばき、きれいに水洗いして、蔓籠《つるかご》の中に放りこんだ。

急速に暗くなっていく。霧もいまや視界をふさぐほどになり、松明の灯りがあってもほとんど見通しがきかない。それでもエンスは迷うことなく舟を進め、湖の奥まったところに鎮座す

る、とある島の船着場に舳先をつけた。ぼんやりとした灯りを認めたのだろう、岸辺にはすでにリコが待っていた。舟からおりる間もなく口汚く罵《ののし》りはじめる。遅いぞ、今まで何をしていた、年寄りを餓死させるつもりか、この怠け者、腹が減った、さっさと食事の支度をしろ、すっかり暗くなってしまって、年寄りを待たせるなんてまったく。腹が減った、腹が減った……。

「リコ、客だ」

とも綱を結びながら教えると、

「客?」

リコは足踏みをやめ、霧の中に白髪頭を傾けて、透かし見ようとした。彼を一言で言いあらわせば、「しなびた洋梨」となるだろう。身体つきは十三、四の少年並み、骨と皮ばかりの、ちょろちょろ白髪の老爺《ろうや》である。御年七十九歳、頭からかぶって着る長衣は明るい陽光の下で見たら目をむくような色彩の代物、その下に寒さよけのズボンと長靴といういでたち。

おっかなびっくりようやく舟からおりたカッシを見定めて、ふん、と鼻を鳴らした。

「誰じゃ」

「貴石占術師のカッシ。魔道対戦をしたいそうだ」

リコはたちまちしかめ面になってそっぽをむく。カッシはその鼻先にうやうやしくみやげの酒壺を掲げてみせた。フェデレント産の葡萄《ぶどう》酒です、と言うと、渋々リコの手がのび、まあここまで来たんなら仕方ない、入れ、と斜面の上の館を示す。

エンスが魚籠《びく》を持ちあげると、また魚か、今夜は肉が食いたい、とわがままを言う。

「客人にオスゴスの塩焼きを食わせたいんだよ、塩を出してくれ」

と言いかえして斜面を駆けのぼっていく。年寄りと魔道師は、ゆるやかに弧を描いてのぼる道をたどった。二人とも、玄関についたときにはすっかり息を切らしていた。

2

リクエンシスの館は木と漆喰の三階建て、ローランディア特有の高床式で、柱といわず扉といわず浮き彫りが施されている。意匠は竜を退治するヘルズ、熊を組みしくトッド、虎に乗るセルといった〈北の大陸〉の伝説と、さまよう〈星読み〉、姫君を救うルナルールなどイスリルの昔話、それに本邦コンスルの〈歌い手〉の冒険や兄弟魔道師同士の魔道戦などが入り乱れている。めったに客は来ないが、これらを目にした者は頭がくらくらするという。このごちゃまぜ感はローランディアの感性だ。エンスにはむしろ居心地がいい。

〈北の大陸〉から蛮族が侵入し、東からはイスリルが侵略してきた歴史はすでに千年近くを経てきている。もともと湖の民であったここの祖先の血に、北の血と東の血と西の血がまざって久しい。こうした館の意匠はまさに彼らの血筋の具現にほかならない。

そしてまた、家中に散在しているのはリクエンシスの魔法の護《まも》り、野生の蔦《つた》や魚網や縫い糸や舟の索綱《さくづな》やらを結んで作ったものばかり。もっぱら風雨にそなえた護りであり、めったに訪れぬ人の悪意や害意を退けるものではない。

リコの着る長衣もそうだ。色とりどりのたくさんのリボンによって結び目ができている。その一つ一つがそれぞれ違った結び方で結んである。たとえば袖の蝶結びは、あやまたず書類が書けるようにするための呪《まじな》いだし、左胸に縄のように編まれてあるのは、心臓を護る働きをしている。いつぞや〈北の海〉の海賊の一団と相対したとき、突きつけられた剣先から彼を護ったのはこの縄目模様だった。相手の海賊はどうして突然自分が吹っ飛んで海に落ちたのか、いまもってわからないだろう。両足のズボンの裾に左右対称でついているリボンは、めっきり弱くなってきた足腰を転倒から護るための予防策。

リコはこれらを大層気に入っている。サンサンディアの街で、若い娘たちから「かわいい」と黄色い声で言われてからは、すっかり悦に入って得意満面なのだ。

その晩は当然ながら、カッシを泊めることになった。玄関脇の小部屋に草と藁の寝床を作り、カッシをそこへ押しこめてから、二人は居間の卓をきれいにした。

「どう思う?」

とリコが杯を片づけながら聞く。

「魔道対戦ってがらじゃないな」

とエンスが答える。

「もっと別の目的があると思う」

「もっと別の、な」

とリコもうなずき、次いで視線を送ったのは壁龕《へきがん》だった。その小さな壁龕は、浮き彫りのついた木の枠に囲まれている。見事な出来映えの浮き彫りは、伝説の英雄ノーランノールが親子虎を追って天に駆けのぼるの図、ていねいに磨かれてつややかな飴色になったこの枠だけでも、売れれば舟二艘も買えるかもしれない。しかし、リコが示したのは壁龕の中に鎮座ましましているこれまた素晴らしい出来の小箱。南国の花鳥を螺鈿《らでん》で象《かたど》ったこれならば、小ぶりの貿易船半分の値打ちがつくが、たぶんカッシの狙いはその中身だろう。

予想に反してリコの機嫌をそこねず、愛想のよさを崩さなかったカッシの視線が、時折ちらちらとこれをとらえていた。道化者の仮面をかぶりながら、目だけは魔道師の狡猾《こうかつ》さをたたえていた。

「おもしろい」

とエンスは皿をふきながらにやつく。まったく、カッシには笑わせてもらえる。サンサンディアと島を往復の気楽な漁師稼業も、二年もつづけていると、さすがに退屈を感じるようになってきて、昔のようにまた、放浪の旅に出ようか、〈北の海〉がおれを呼んでいるぜ、と思わないこともないが、リコがいる。この頃とみに年をとってきて、一人にしてはおけないし、連れまわすこともはばかられるとなれば、自分が我慢するしかない。そこへ、カッシが来た。無聊の慰めには恰好の、貴石占術師の真の狙いは、絶対に、

「〈炎の玉髄《ぎょくずい》〉をおれたちから盗み取ろうって魂胆か」

「いやいや、だまし取ろうというのかも。馬鹿なやつじゃい」

「ほんと、馬鹿なやつ」

〈炎の玉髄〉はエンスが〈神が峰神官戦士団〉から盗みだした、血のように赤く炎のように透明な輝きをもつ拳大の玉髄である。そのとき彼はまだ十二歳の少年だった。いや、少年だったからこそ、戦士団を率いる女魔道師の目をかすめて逃げおおせることができた。以来、さまざまな場所でさまざまな冒険を経験してきたが、そのほとんどの期間身につけていたので、愛着がわいて小箱にしまい、壁龕におさめている。しかし、もしカッシによんどころない事情があって、正面から乞うのであれば、あの胸にじゃらじゃらかかっている金と緑柱石の首飾りと交換してもいい、くらいの気持ちはある。

カッシは舟に乗っているあいだじゅう、そしてリコの相伴《しょうばん》をしているあいだにも、何度もひそかな溜息を漏らしていた。同情すべき事情があるのかもしれない、とエンスは見てとっていた。

宝は役だててこその宝だ。カッシを見るたび笑いが生まれてくるが、それでもただ宝をかき集めて、かき集めること自体が目的となってしまった帝国の貴族やどこぞの戦士団よりははるかにましだと認めよう。

カッシには少なくとも石への愛情があるし、石を使って何かの役にたてようとする志は失っていないだろう。腹の下にお宝をためこむだけの強欲な竜とは一線を画している。だから、率直に頼めばいいのだ。だが、率直という言葉を忘れて策を弄《ろう》するというのなら、

「お手並み拝見ってとこだな、リコ」

となる。リコは、きひひひひと、黄色い歯を見せて、舟の艪が舷をこするような笑い声をあげた。壁龕から小箱をおろして卓上に置いた。二人はいたずらをする子どもさながらに、目を輝かせて顔を見合わせると、一本の色紐を小箱にかけて結んだ。結び目はもやい結び、紐の色は危険をあらわす紫色、さてさてこれをどう解くのやら。

翌朝、絶叫が館中に響きわたった。裏山の鳥たちがびっくりして一斉に飛びたった。エンスは悲鳴よりむしろ、突然の嵐のような羽ばたきの音で跳ねおきた。

扉を蹴飛ばすようにしてリコと廊下ではちあわせし、階段を鳴らして下へおりていきながら、

「おい、まさか、まともにやっちまったのか?」

とエンスが叫び、リコが手すりにつかまりつつ答える。

「あの声は、そうじゃな。まったく、貴石占術師のくせに――!」

居間の卓上には半分解けかかった紐と小箱、それに指輪のはまったままのちぎれた人差し指がのっていた。カッシは血の噴きだしている右手をおのれの左手で押さえ、わめきながら床の上を転がっていた。

事の有様にむしろ呆れはてて二人はしばし立ちすくみ、やがてまずエンスが動き、次いであたふたとリコが駆けよった。暴れるカッシを二人がかりで押さえつけ、布巾を裂いて作った包帯をちぎれた指にあて、蝶結びに結び終える。カッシは壁を背中にして足を投げだし、いまだ

涙と鼻水を流してしゃくりあげながらも、ようやく落ちついてきたようだった。

「カッシ、しっかりせい。傷を治す力の石はどれじゃ」

と耳元でリコが大声を出すと、カッシは震える指で右の小指を示した。紫水晶の指輪がはまっている。リコはそれをはずして包帯の上から傷口に押しあててやった。カッシはつかえながらも呪文をつぶやき、やがて痛みが引いたのだろう、後頭部を壁に押しつけ、目を閉じた。

「カッシ、あんた、なんで自分の力を使わなかったんだ？　紐を手で解こうとしたように見えるんだが」

エンスは小箱を調べながら尋ねた。カッシは、ああ、と生返事をし、片目をあけてまたすぐにつむった。リコが早口でひとしきり悪態をついてから、

「テイクオクの魔法なんぞちょろいと思ったんじゃろう。どうせしがない田舎の魔道師のかけた魔法、簡単になんとかなるとあなどったんじゃな、まったく！」

そしてまた長々と悪態をつづける。それを背中で聞きながら、エンスはちぎれたカッシの人差し指をつまみあげ、本人の目の前にぶら下げて、魚の餌にしていいかと聞き、そっぽをむいてうなずいたのを確かめてから外に持っていき、湖に投げこんだ。

第二関節のところでちぎれていたから、指輪ははめようと思えばはめられるだろう、などと思いながら、少しずつ霧の晴れていく湖面を見やった。

街の方から昇ってきた朝陽は、いまだ濃い霧の中に、卵の黄身のようなやわらかい丸い球と

なってぼやけている。島々のあちこちではカモやシギが鳴き、あるいは羽ばたいている。針葉樹のてっぺんだけが、さながら雲間から顔を出している峰々のように連なって見える。あと二日もすれば、木々の色づきは最盛期を迎え、湖沼地帯はどこまでもつづく金襴緞子《きんらんどんす》の絨毯《じゅうたん》となるだろう。水の匂いにあたためられた落ち葉の匂いが加わって、穏やかな秋のひとときが楽の音《ね》のように流れていくことだろう。白鳥が銀の矢となって南へと旅立ち、夜空の満月の下を雁たちが鳴きかわして渡っていくだろう。そうしていくつもの湖と島々は寒さを迎え入れる静かな臥所《ふしど》に変わり、雪と氷の世界に閉じていく。

少年だった頃、この世界を未来のない場所だと感じて一日も早く出ていきたいと願っていた。十数年の放浪を経て戻ってきた今は、この静けさが何よりの宝だとわかる。まあ、退屈を感じることも多いが。

霧のあいだから一筋の朝陽が湖面に射しこんできた。それまですべてが茫漠とした穏やかな輝きに包まれていたものが、にわかに輪郭を明確にしていく。湖面は波だって黄玉さながらにきらめき、島の岸辺や木々は黒く沈んで影となる。エンスはかすかに唇をもちあげた。これもまた、真理であろう。強き光は濃き闇を作る。それもまたおのれの内に受けいれよう。

昨夜の残り物で朝食をしたため、カッシの包帯を替えてやってから、三人は舟に乗った。街の薬師《くすし》に手当てしてもらうことが一つ、それから前々から約束していた結婚式の準備を手伝う仕事が一つ。

霧はいまだ舟の底にたまっていたが、腰から上はすっかり見通しがよくなって、街につく頃にはすっかり晴れわたった水色の空が広がっていた。

3

サンサンディアの桟橋から広場がはじまり、魚市場や日用品を売る露店のならぶ一回り外を、市庁舎やイルモネス女神とアイトゥラン風神の合祀《ごうし》神殿、仕立て屋や服地屋などの商店が半円状にとりかこんでいる。そこから放射状に大通りが四本、大通り同士をつなぐ小路が横の通りとなって、こちらは迷路のように入り組んで走っている。

三人は大通りの一つから少し南に入った角にある小さな扉の前にやってきた。薬草の印の看板が扉に打ちつけてある。エンスがまず扉をあけて肩で押さえ、リコとカッシを通してから中へ入った。

とたんに刺激臭に襲われて、くしゃみを連発する。カンタリ草は消毒や抗炎剤としてよく効くが、煮詰めたときの臭いは鼻をさす。炉の前で壺の中身をかきまぜていた薬師のダルタールが、黙って非難の目をむけてきた。エンスはつりさげられている薬草に唾を飛ばさないように注意しながら、さらに三回、くしゃみをした。

リコがカッシを薬師の前につれていった。なぜ指を失ったのかと聞いたダルタールは、しかめ面をさらに深くして、魔道師どもめ、と悪態をつき、包帯を取りはじめた。

エンスとリコは、結婚式の準備があるからと断って、カッシをそこに残し、そそくさと薬師の家から逃げだした。ダルタールは父親の跡をついでまだ二年の、少年といってもいい若僧だが、腕前は父親をはるかにしのぐ。ただ、ひどく気難しく、特に魔道師に対しては邪険な態度をとる。

少し歩いて大通りに出ようとしたエンスは、はっと足を止め、物陰にその大きい図体を急いで押しこめた。すぐ後ろについてきていたリコが、どうした、と声をかけた。エンスは家の角からそっとうかがい、彼らが通りを横切っていってから答えた。

「リコ、銀戦士だ」

銀戦士、〈神が峰神官戦士団〉の面々は、魔道師を狩る集団である。彼らの目指すものは、汚濁の一切ない世界、完璧な正義の通るうつくしい世の中である。彼らはこの世の闇を許さず、あらゆる賊の類を嫌悪し、駆逐するが、特に目の敵《かたき》にしているのが魔道師で、魔法を封じる黒曜石の板をつけた銀鎖を用いてからめとり、〈神が峰〉に連行して断罪する。この世の汚濁を払拭《ふっしょく》して汚れない世にすることを名分とする彼らは、実のところ狂信者と潔癖強迫症の集まりで、頂点に立つ戦士団の長は、永遠の乙女とうたわれる女性である。だがその正体を知る者は少ない。魔道師狩りの音頭をとる彼女自身が実は、魔道師なのだ。

それを知った者は、どこまでも追われて粛清の浮き目にあう。銀戦士の多くも、うすうすは気づいているが、汚いもの、自分に都合の悪いものからはつとめて目をそらして気づかぬふりをする連中である。それゆえ、その正体が暴露されることはない。

エンスは十二歳のとき、だまされた形で戦士団の見習いとなった経緯がある。偶然、団長の正体を知った事件を経て、こんなところでやってられるかと脱走し、以来追われる身となった。それから十五年、もうそろそろほとぼりが冷めた頃合いと安心しかかっていたのに。まあ、あの頃正規の銀戦士であった面々は、すでに代がわりをしているだろう。何しろ団長は見目よく若い男しかそばに置かない。三十五をすぎればおはらい箱だ。追いだされるというみじめな目にあわないうちに、自尊心の高い彼らは三十前後で自ら退団を申しでる。だから今、エンスを見破る者は少ないと思われる。問題は、リクエンシスの方なのだ。

正義のために、といえば聞こえはいいが、銀戦士の評判ははなはだよろしくない。警邏《けいら》巡回を名目に、土地土地の蓄えや財産の寄進を強要するからだ。逆らえば腕ずくで奪っていく。それゆえ彼らがあらわれたとなれば、魔道師ならずとも身をちぢこめ、徴税吏でさえ姿を隠す。リクエンシスは評判のいい魔道師なので、町のほとんどの人はかばってくれるはずだが、欲にかられた誰かがご注進に及ぶことも十分考えられる。遅かれ早かれそうなるだろう。

とすれば、とエンスはリコをふりむいた。リクエンシスを護るには策がいる。

「二人一組で歩いている。とすれば、あと四組はいるな」

「今日は市長の館に行かにゃならんというのに。報酬の相談がまだ決まっておらんのじゃ」

テイクオクの魔法で、結婚する二人と家同士の結びつきを強化する約束だ。その代価の交渉を市長としなければならない。何をどう結ぶか、具体的な打ちあわせも必要だった。きひひ、とリコがいつもの笑いを発した。

「迷路の紐はどうじゃ？」

そう言ってセオルのポケットに手を突っこみ、赤と黒と緑と黄色という、見ていると頭がくらくらしてくるようなまだらの紐をずるずるとひっぱりだした。エンスもにやりとした。

それを通りぎわのあちこちに呪文とともに結びつけ、昼近くに無事、市長宅にもぐりこんだ。土地勘のない者が窓枠に結びつけられた紐の前を通りすぎれば、さながら迷路に迷いこんだごとく、しばらく方向感覚を失って歩きまわることになるだろう。なに、ほんの半刻かそこらでもとの場所に戻ることができる。それでも、銀戦士の頭を混乱させておくのに役にたつ。彼らの目にとまったとしても、追われることなく市長宅に入るにはそれで十分だった。

市長宅は伝統的なローランディア様式、一階部分は大理石造りでおもに倉庫や水路を引いた専用の船着場で占められている。二階は市民や貿易商との懇談用の広間、三階は居住区域になっている。二階から上は浮き彫りをふんだんに取り入れた木造建築、切妻屋根と屋根裏部屋をもち、たくさんの窓には高価な硝子《ガラス》がはめこまれている。

二人が玄関から入っていくと、とたんに脇からフィラス少年が飛びついてきて、必死に横へひっぱっていく。どうした、とささやく目の先の広間に動きがあり、首をのばして認めたのは、声高になにやら言い争っている市長づきの文官と銀戦士の後ろ姿だった。

二人はそそくさと三階へのぼった。厚い深紅色の絨毯を敷いた居間では、市長の家族や使用人たちが不安気に身を寄せあっていた。二人の顔を見るなり、女主人のベアルナと娘二人が駆けよってきた。

「ああ、よかった。どうしましょう、エンス」

「リコ様、こちらへ。ここへお座りください。よくぞ見つからずにここまでいらしたわ」

「あたくし、銀戦士をはじめて見ましたわ! 整った顔だちの方々ばかり。あれでもう少しにっこりなされればよろしいのに」

「あの方たち、魔道師をさがしにいらしたようですよ。捕まったら大変なことになるのでしょう」

「今、主人がお引きとりを願っていますけど、あの方々はずいぶん強引ですのね。ねえ、エンス、なんとかなりませんの? サンサンディアにあのような者たち、いりませんわ」

「そうよ。明日は姉さまの結婚式だっていうのに」

三人とも輪郭がまるっきり同じなので、並ぶとすばらしいながめになる。金茶の髪は秋の陽射しに照らされた森のよう、肌は月を映した湖面さながら、ベアルナは毅然としてさすがに市長夫人のたたずまい、長女のニャルカは結婚を控えてうつくしさの頂点にあり、次女のマーヤは少しふくよかだがこれから花咲くつぼみを彷彿《ほうふつ》とさせる。それにフィラス少年が加わると、一幅の豪華なタペストリーとなる。

彼女たちの後ろには明日着るはずの礼服や婚礼衣装が広げられ、誓いと絆と繁栄の魔法がかかるのを待っている。窓から射しこんでくる暖かな陽射しに、金糸銀糸、縫いつけられた色とりどりの宝石、真珠がきらめいている。

エンスは腕組みをしてぐるりを見渡し、しばらく考えてからにやりとした。マーヤの侍女で機転のきくシャヤナを呼んだ。

「これから下へ行って、魔道師のいるところを知っていると言ってくれないか。シャヤナは芝居がうまそうだから、頼むよ……いやいや、リクエンシスを売るわけじゃない。ただ、連中の目をそらしたくてね。薬師のところに貴石占術師のカッシがいるって伝えてくれればいいんだ。ああ、ただし、すぐに言うんじゃないよ。いかにもものほしそうにして、まず、魔道師の居場所を知ってるって。で、連中から十ビスもふんだくってやればいい。それからカッシのことを……うん、それは嘘じゃない、大丈夫だよ」

シャヤナは目をくるりとまわしていたずらっぽく微笑み、軽やかに階段をおりていった。

「カッシには悪いが、生贄《いけにえ》になってもらうさ。連中もそれで満足して引きあげるだろう」

「でも、貴石占術師は？〈神が峰〉に閉じこめられちゃうんでしょ？」

心やさしいフィラス少年はエンスを心配そうに見あげてくる。彼は少年の頭をくしゃりとした。

「なに、心配いらん。カッシとて力ある魔道師だ、長い道中、なんとか隙を見つけて逃げだすさ」

「だといいけど……」

「さあ、リコ、仕事だ仕事。まずはベアルナ様の衣装と。ほら、年寄りには辛いだろうが、動けよ」

ニャルカの白い指を握って鼻の下をのばしていたリコは、ぶつぶつと小声で悪態をつきながら立ちあがった。懐から記録用の羊皮紙を出し、携帯筆記具を広げる。

女たちが見守る中で、仕事の半ばまで進んだとき、窓の外になにやら動きがあった。そっとのぞくと銀戦士三人が鎖を手にして走っていく。シャヤナはどうやらうまくやったようだ、と思っていると、そのシャヤナが階段を駆けあがってきて早口でささやいた。

「一人あがってきます！　早く隠れて！」

隠れろといっても、と見まわしているうちに、足音が大きく迫ってくる。

リコは衣装がかかった卓の下になんとかもぐりこんだが、図体の大きいエンスにはその芸当は無理だ。壁際の長櫃《ながびつ》にも入りきれないだろう。奥の衣装部屋の扉が目に入ったときにはもう、銀戦士の一歩が敷居を踏みこしていた。

女たちは壁際に退く。フィラスは姉たちのあいだで目を大きくみはっている。仕方がない、エンスは剣の柄《つか》に手をかけつつゆっくりとふりむいた。

「ご婦人方の居室にずかずかと、大した礼儀作法だな」

相手はエンスと同じくらいの長身、肩幅はエンスよりやや狭い。もともと黒い髪を脱色して銀に染めあげ、くるぶしまでの長衣、ズボン、胴着はどれも紫地に銀糸でびっしりと刺繡《ししゅう》がしてある。細面《ほそおもて》の整った顔だち、切れ長の灰色の目は、人を見下す目つき。待てよ、この目には見覚えがあるぞ。記憶をさぐろうとしたとき、銀戦士はさらに一歩踏みだして、

「魔道師はどこだ」

と有無を言わせぬ口調である。両手のあいだには黒曜石のついた銀鎖が太く垂れ下がっている。

エンスも彼の真似をして半身だけ前に出た。

「ここにはいない」

銀戦士の視線が素早く周囲を一瞥《いちべつ》した。両手のあいだの鎖にたるみが少なくなった。

「隠しだてをするとためにならんぞ」

エンスは両足に体重をかけて立ちはだかった。

「相手を見てから脅せよ」

銀戦士は細い目をさらに細めてあらためてエンスを見た。

「やつの用心棒ってことか」

鎖が胸の前でぴんと張られる。エンスはゆっくりと剣を抜いた。女たちが衣装部屋に避難する衣擦れの音を背中で聞きながら、左にすり足でまわりこむ。四分の一周したあたりで、銀戦士の鎖が蛇の鎌首さながらに、突然飛んできた。前ぶれもなしに、いきなり直線で分銅が頬を

かすめる。あたっていれば頬骨が折れるか、目がつぶれるか。エンスはとっさに右へよけて、よけたそのままの足で相手の懐に飛びこんだ。同時に振りおろした剣は、鎖にあたって跳ねかえりそうになったが、そこに体重をかけて押さえつける。鎖に下がっている黒曜石の板が一つ、ぽんとはじけてとんだ。エンスと銀戦士は鼻をつきあわせ、歯を食いしばり、互いの目の中をのぞきこみ、唸り声とともに同時に後ろにとびすさった。

すぐに鎖の第二波が襲ってきた。剣にわざと巻きつけさせて、相手がしめたと力任せにひっぱるのを見計らって手をはなし、同時に自分の身体で体当たりした。相手はさすがにたまらず、後ろにひっくりかえる。エンスは足からすべりこんで剣を拾い、相手の首の横すれすれの床に突き立てた。からまったままだった鎖の輪がちぎれて、息たえた蛇のように動かなくなった。

銀戦士は胸を激しく上下させている。対するエンスは大した息切れもなく彼の上に仁王立ちになってにやりとした。

「ここには魔道師はいないぜ、わかったな」

銀戦士らしからぬ罵詈《ばり》を吐きつつ、男はゆっくりと起きあがると、魔法封じの鎖はそのままに、よろよろと階段をおりていった。

女たちがそろそろと出てきた。リコも卓の下から這いだしてくる。骨ばった膝で立ちあがるのに手を貸しながら、エンスはようやく思いだした。今のやつ、あれは確か、かつてリードと呼ばれていた少年だ。エンスが彼を思いだしたということは、彼もエンスに気づいたかもしれない。鋼色《はがね》の目の中には、それらしい閃《ひらめ》きはなかったが、銀戦士は心を隠すのがうまい。

「リコ。さっさと仕事を終わらせて帰ろうぜ。家が一番だ」

二人は仕上げを明日に残すばかりにして、物陰に隠れるように歩き、船着場へ戻っていった。

4

市場を歩いていると、遠くの騒がしい気配が伝わってきた。市庁舎の裏の方で屋根やら壁やらが崩れているのだろうか、土煙があがっていた。銀戦士とカッシの攻防がはじまったのだ。稲妻が走り、ほとんど同時に雷の落ちる地響きが足元まで伝わってきた。まあ、多勢に無勢、カッシもなかなか粘るだろうが、そのうち捕まるだろう。

人々のあいだをかきわけて桟橋を目指す。人々は立ち止まって首をのばし、臆測を述べあったりしている。リコの息があがってきたので、少し歩調をゆるめると、

「エンス、エンス、ちょいと聞きたいんだがな、おまえ本当にカッシを引き渡すんかい」

と皺《しわ》だらけの額にさらに皺を寄せて非難しはじめた。エンスはその腕を下からすくいあげるように支えて歩きだしながら答えた。

「だってほかにどうしようもあるかい。カッシには気の毒だがな」

リコは腕をふりはらうと、立ち止まってしまった。

「リコ……。頼むぜ」

碧《みどり》の目に、怒りと、それから、ああ、まいった、うっすらと涙を浮かべている。知りあった

頃も熱血漢だったが、老いを重ねたこの頃は、ますます感情の起伏が激しく、いやに涙もろくなってきている。

「わしを世間知らずの女子どもといっしょくたにするでない！　銀戦士に捕まったら簡単に逃れることができないのは知っとるわ！　あの銀鎖にひとからめされたら、呪文の一言も効きめがなくなるんじゃぞ」

わかったわかったと肩を抱くようにして無理矢理歩きだしながら、

「銀鎖が怖いんじゃない、魔法封じをすんのは黒曜石だ。だが、そいつは力ずくで壊しちまえばいい。だから、だな……」

とその足を鋳掛屋《いかけや》の露店に踏み入れて、商売道具だが古いやつが一つあると、渋々出してきた旦那に気前よく一ブロン青銅貨を渡し、鍋打ち出し用の小鎚を譲ってもらった。

「ほら、これを袖ん中に隠しとけ。万が一ぐるぐる巻きにされたら、そいつで黒曜石を割りゃいい」

「自分たちの心配をしておるんじゃない！」

と額に汗をかきながらわめきつつ、ちゃっかり袖の中に落としこむリコである。再び早足で歩きだしながら内心溜息をついた。やれやれ。湖の奥地に逃げこんでやりすごそうと思っていたが、どうやらそうもいかないらしい。

「わかった、わかった。結婚式が終わったら、カッシを助けに行こう。そっと舟で追いかけるんだ。それでいいか？」

「おまえは嘘つきだ、エンス、本当に約束するか？」

といまだ涙目で見あげてくれば、こちらは弱い。

「嘘つきとはひどいぞ、リコ。こんなに誠実なたくましい男はいないだろうが」

「どこが誠実じゃ。舌は二枚か、三枚か。臍《へそ》もずいぶんずれているはずじゃ」

「おいおい、相棒にむかってそれはないだろう」

「煙に巻く、話をそらす、おぼえがないふりをする、腹黒い男じゃ。……で、約束するな？」

長年の相棒はこちらの腹の底をちゃんと見すかして念を押す。ああ、約束する、仕方ない、あんたの言うとおりにするよ、とうなずかざるをえない。

ちょうど市場のはずれに出て、あとは桟橋まですぐだった。いつもは商船でにぎやかな港に人影はまばらだった。帆をまきあげた小型の貿易船の前をすぎたあたりで、エンスはありゃあと声をあげて立ち止まった。

小舟の前に、銀戦士が三人待ちかまえていた。ふりむいてみると、街中の攻防も決着がついたようで、すっかり静かになっている。どうやら逃げるのは無理なようだ。

「リコ、あいつらはおれが引きつける。隙を見て舟を出せ」

「見そこなうな、わし一人で逃げたりはせんぞ」

とリコは薄い胸を張る。

「とにかく舟を確保しろ。湖に出たらこっちのもんだ」

渋々うなずくリコをそこに置いて、エンスはゆっくり大股で銀戦士の方に進んでいった。

三人のうちの一人はリードだった。だが一歩前へ出てきたのは、隊長とおぼしき年嵩《としかさ》の偉丈夫で、リードより頭半分大きい、腕に自信のありそうな男だった。

「先ほどはリードが世話になったそうだな。ところで貴公、名はなんという。リードは貴公に見覚えがあるという。わたしもそうだ。ずっと以前、どこかで会ったような気がするんだが」

エンスはせせら笑った。

「わかっているくせに、下手な芝居はやめといてください……ジョーコナー？」

彼の目蓋《まぶた》のひきつりにエンスも思いだしていた。そう、確か同じ銀戦士見習いの中に、四つほど年上の、緊張すると目蓋がひきつる男がいた。

はたして、相手は口角をわずかにもちあげた。

「やはり貴公、脱走したやつか。わたしを覚えていたとはな」

「一呼吸前まではすっかりさっぱり忘れ果てていましたよ。まさかここで会うとはね。お互い、ずいぶん年をとったんじゃあ、ありませんかね」

「辛抱しきれず脱走したなれのはては、こんな小さな田舎の町の、魔道師の用心棒か」

目の端に、鎖をかけられたカッシが市場の方からひきたてられてくるのが映った。

「辛抱したなれのはては、狂信者の一人ですか」

とやり返し、嘲笑《ちょうしょう》で挑発した。

「そうだ、ひとつ取引しませんか？　魔道師二人を見逃してやってくださいよ。そのかわり、〈神が峰〉でものすごおく歓迎されるものを渡しますから」

「なんだ、それは」

「〈炎の玉髄〉」

ぎょっと一同が身を硬くし、次いで視線を素早くかわした。

「あれえ？　おれが盗みだしたこと、聞いていなかったわけですか？　変だな。当時の銀戦士たちは皆知ってたはずですがね」

とこれは嘘。証拠を置いてくるほど馬鹿じゃない。だが、いなくなった少年となくなった宝石を結びつける誰かがいてもおかしくはなかったはずだ。まあ、銀戦士同士は仲間であるのと同時に、頂点に立つ女魔道師の寵愛《ちょうあい》をえる競争相手でもある。年をとっていく銀戦士たちが、自分たちにとって代わる若い連中に、手柄を立てるのに役に立つような情報を気前よく与えたりはしなかった、ということらしい。

にやつくエンスの前にさらに一歩踏みだしてきたジョーコナー隊長は、形のいい眉毛をきっとあげて剣を抜きながら唸るように言った。

「そうとわかれば貴公をうち負かし、魔道師二人と〈炎の玉髄〉をいただくとしよう。——皆、手を出すな！　リードをはいつくばらせた腕前、とくと見せてもらおう」

エンスもこれに応じて剣を抜きながら、どこかに隠れたリコにわざとらしい警告を発する。

「リコ、助けは無用。舟の上で待ってろ！」

円を描くように互いのまわりをすり足でまわりつつ、隙を狙いあう。いつのまにか人々が市場の方で遠巻きに、また貿易船の艫や帆桁《ほげた》の上では船乗りたちが鈴なりに、このおもしろい試合を見逃すまいと首をのばしていた。

いつもと違って応援はエンスの方にふってくる。闘技場の模擬試合では常勝なので、誰も彼に声援を送ってくれないが、今日は別だ。気分がいい。

思わずにやっとしたところへ、強烈な一撃が襲ってきた。その太刀筋は見えなかったが、かろうじてとびすさってかわした。爪先に相手の爪先が迫る。今までに見たこともないような速さで振りおろされてきたのを、今度は受けとめると同時に撥ねかえして横に逃げたが、腕がその衝撃でしびれるのを感じた。及び腰になりながら二合《ごう》、三合と剣を合わせる。市民の方からはそのたびに悲鳴が、船の方からは野次が飛ぶ。どうしたエンス、ローランディア随一の剣士だろ、いや随一じゃねえ、唯一か、などと好き勝手をほざいているのは流れの剣闘士マーセンサスの声か。馬鹿野郎、あの声が聞こえないか、サンサンディアの女たちは皆おれの味方をしてくれてる、おまえではこうはいくまい、と合間合間に言いかえす。これにむっとしたのはジョーコナーだった。息つぐ暇も与えまいと、つづけざまに打ちこんでくる。エンスはぐるぐると円を描いて退きながら、相手の癖を見極めようとしていた。まず右から来る。次にすさまじい速さで返して左、それから上と見せかけて下からすくいあげ、それが空ぶりに終わると今度は左に右に牽制して斜め下からもう一度。それを受けとめられればとびすさり、真正面から力任せに。

まるで剣技のお手本のような動きだ。優雅ですさまじく速く、膂力《りょりょく》もある。エンスでなければ受けきれないだろう。いや、長くつづけば剣の方が先に折れてしまう、そんな危機感さえ抱かせる腕前だ。

二の腕をかすめて一張羅の胴着の袖を切られた。セオルの肩にも裂け目ができた。昨日マーセンサスに切られた額の傷をなでるように剣先が走り、また出血した。眉毛に血がしたたり、目に入りそうになった。それをぬぐうためにわざとわめいた。

「痛いな、こんちくしょう。傷の上を狙ったな」

銀戦士も鼻孔をふくらませ、さすがに息を整えている。

理想的な構えを見せて無駄のない攻撃をしかけてくる、こんな相手に一瞬でも油断したらそれで終わりだ。日々訓練を重ね、仲間うちで何千回となく練習し、努力してきた者の自信が彼の技を裏打ちしている。つけいるところはないように思われた。

だが、とエンスは上目遣いに、剣を握る白い拳を追いながら、身をかがめる。実地の相手はほとんどが魔道師だったはずだ。エンスはやおら背中をのばしながら相手の右払いを首筋ぎりぎりで受けつつ、歯を食いしばる。この太刀筋は変化に乏しく不意打ちに弱い。頭の固い生真面目な銀戦士の性格そのものだ。そうら、今度は返して左、それから上と見せかけて下からすくって、さっきと同じ。次は左右の偽の攻撃で、それにエンスが反応すると思っている。それゆえそのわずかな隙に一瞬早く、自分の剣を突きあげよう。しかも彼が予想する刃の方ではなく、柄の方で、彼の懐に踏みこんで顎を砕く。

鈍い音がして、手応えを感じた。相手は呻《うめ》いて身体をのけぞらせる。エンスはそのまま切っ先をおろして足の甲を地面に縫いつけた。

反則技といえば反則技かもしれないが、実戦ではそんなことは問題ない。死ぬか生きるかしかないのであれば、助かる方策を何としてでも講じるのだ。

案の定、相手は卑怯だぞ、とか、こんなやり方があるかとか、魂《たま》ぎる悲鳴といっしょくたにわめきつつ剣を振りまわす。むろん、エンスはじっとしてなどいない。足を縫った剣を引き抜いてさっさと逃げだしている。

片手で顎を押さえ、頭を振り、足を引きずり引きずり追いかけてくる。他の銀戦士たちは呆気にとられて立ちすくむ。そのうちの二人を突き飛ばして、エンスは舟の方に一目散に駆け抜けた。女たちの嬌声《きょうせい》や市民の応援の声、どっと沸いてなおも野次を浴びせてくる船の連中、それらを尻目にリコがこっそりとひそんでいた舟に飛びうつり、危うく沈みこみそうになるのをなんとかこらえて桟橋から漕ぎだした。

追え、追え、何をしている、逃がすな、と叱咤《しった》されて、リードが飛びかかってこようとした。

しかしエンスも必死に艪を漕いだので、見るまに距離があく。リードは身をひるがえして船を、なんでもいい、舟を出せ、とわめきはじめた。

まともな商売船は要求に応えたりはしないだろう。地元の舟もそうだ。だが、剣で脅され、あるいは幾ばくかの金につられ、船頭が舟だけ貸す、ということは考えられる。いや、銀戦士は何としてでも追ってくるにちがいない。〈炎の玉髄〉があるとなれば。

街が遠くなり、秋の夕陽に島々の森が王冠のように照り映えた。蠟燭《ろうそく》のような白ポプラの炎、銀青色に沈むトウヒの落ちついた輝きは誇り高い銀狼の背中のよう、カラマツは高らかに黄金の喇叭《らっぱ》を吹き鳴らし、数少ないニレの大きな枝は、紅色から朱色、紫から黄緑へとていねいに織りこまれた段変わりの夕ペストリー、カエデの深紅色が大地の太鼓さながらの拍子をとれば、モミのいまだ茶色に濁《にご》らぬ深い緑がゆったりとした風の歌を歌う。

小島と小島のあいだの狭くなっているところでエンスは舟を漕ぐ手を止めた。立ちあがって航跡に目を細めると、敵の舟が二艘、水平線に黒い小さな点となっている。

「リコ、紐をくれ」

「あいよ」

手渡されたのは指の太さほどの紫のより紐、緞帳《どんちょう》の飾りにも使うのが三馬身ほどの長さ、これで一ブロンもするのだが、自由と命にはかえられない。両端を引きとけ結びにしながら惑乱の呪文をふきかける。それから腕一本の長さごとに、普通のかた結びを作っていく。結び目一つにつき呪文を一回ずつくりかえす。これを右側の小島の張りだした松の枝と、左側の小島の岸辺に沈んでいる朽木《くちき》に引っかける。かた結びになった紐は、たるみをもって水中にある。銀戦士どもの舟底があたれば湖の水がたちまち霧に変わり、行く手を遮る。足止めにはならないかもしれない。それでも、時間稼ぎにはなるだろう。

次に、そこからやっと出たと思ったところで引っかかるように、赤の綱を投げこんだ。赤の綱は短く切ってある。二十本それぞれの中央に八の字結びを素早く作り、大騒ぎの呪文を吹きかけた。昔、キスプ地方をさすらう鬱屈《うっくつ》した日々、豚飼いや牛飼いを困らせるためだけにこのいたずらをくりかえしたおぼえがある。これを踏みつけた家畜が文字どおり跳びあがって——羊が跳びあがるなど、めったに見られるものではなかったから、すごくおもしろかった——それをきっかけにして群れが恐慌をきたすのだった。今思うと、羊や豚にも牧童にも、気の毒なことをした。今日はその綱が二十本も湖に浮かんでいる。どうなることやら。

それから青のリボン。リボンといえば蝶結びである。エンスは蟻《あり》のリボンだって結ぶ自信があるが、今日はわざと縦結びの不細工な結び方にする。呪文は逆さまの呪文だ。せっせと五十も作ってうんざりしはじめた頃に、ようやく相手が霧の中から出てきた。二艘に分乗してきたようだが、まったく別々の方向から針路が定まらない様子でよろめき出てきた。

片方にはいまだ鎖で縛られたままのカッシの姿もあった。エンスは大声で注意をひきながら、青いリボンを湖面にばらまき、再び艪を使って逃げだした。

ほどなくどちらかの舟が赤い綱に引っかかったのだろう、湖が沸き立ちはじめた。ふりかえると、間欠泉が噴きだすかのように水柱を次々と立ちあげ、大波がもちあがり、渦を巻きはじめている。二艘の舟は舳先が天をさしたかと思うや落ちこみ、艫があがったかと思うやぐるぐると回転し、乗員は皆蒼白になってしがみつき、ふりおとされないように必死だ。

エンスは腰に手をあてて一人悦に入っていた。

「おお、リコ、見ろよ、大騒ぎの呪文は水に入るとあんなふうになるんだな。記録しとけよ」

あおりをくらってこちらも揺れているのでリコの返事はなんと言っているのかわからなかったが、かまわない。どうせ、悪口雑言だろう。

舟同士がぶつかり、離れ、水柱に危うくもちあげられそうになるのをなんとかかわし、かわしたところで大波をかぶり、入ってきた水を片手でかき出そうとすると渦に巻かれて目もまわる。

「こいつぁいい使い方を発見したなあ。おい、もしかしたら、杭に結んでおけば、霧を吹きとばすこともできるかもしれんぞ」

リコの返事がやっと聞こえてきた。

「馬鹿も休み休み言え、その前に杭が踊りだすに決まっとる」

なるほど。

「ああ、そら、そろそろ終わりだ。もう少し長くつづけるには綱の長さを加減すればいいのか？　それとも結び目をいっぱいにした方がいいのか？　それも記録しておいてくれ」

「舟の上では無理だと言うておろうが。家についてから書くから、覚えておけ。年寄りはすぐに忘れてしまうんじゃ」

「リコの頭に逆さまのリボンをつけたら、若がえるかなあ」

「なんじゃと？」

「はっは！　つける髪がない！」

呵々《かか》大笑しているうちに、二艘は静まりかけた湖面をようやく乗り越えた。びしょ濡れになった銀戦士たちの頭からは湯気があがっている。エンスはそれを指さしてまた笑った。挑発にますます怒気をかきたてられて、彼らの艪に力が入った。五十もばらまいたはずの青のリボンは、広い湖面に散らばって、あるものは沈んでしまったのか、見たところ十数個しか浮かんでいない。そのうちの一つに一艘の舳先が触れるかと期待して見ていると、水の流れのいたずらで脇に流れていってしまった。がっかりして視線をそらしかけたとき、艪の一つがそれたリボンに触れたのだろう、怒号があがった。直後に舟がひっくりかえるのが見えた。それは、見えない巨人の手が舷を持ちあげて回転させたかのようだった。ジョーコナー隊長の剣さばきにも匹敵する速さ、あっという間のことだった。

「おいおい、リコ、ああなるとは予想していたか？　リボン一つだぞ？」

「ひょおおおう。びっくらこいたのう」

「残りをあとで回収しないといかんなあ。漁師たちに怒られる」

「確かにそのままにはしておけんなあ、ひききききき」

回収の魔法をどう作るか考えていると、三人の銀戦士が邪魔な上着を水中でぬぎすて、さすがに見事な泳ぎっぷりで無事なもう一艘に近づいていく。次に起こることがエンスには予想できた。

はたして、体格のいい三人が次々に舷にとりついたものだからたまったものではない、よじ登ろうとした重みで残った方も大きく傾き、あれよあれよという間に舟底を天にさらしてしまった。そしてさらにリボンに触れたのだろう、舟だけがたちまちひっくりかえってもとに戻り、大きく上下に揺れた。

エンスは自分の舟を近づけた。銀戦士などどうでもいい。自力でなんとかするだろう。救うべきはカッシだ。

リコに櫓を渡して、服もぬぎすてると、カッシが鎖つきで沈んでいったとおぼしいあたりに飛びこんだ。日中陽にあたためられていたとはいえ、水はすでに冷たかった。いつもは透明度の高い水も、さっきの大騒ぎで濁っており、見通しがきかない。このあたりの深さは人の背丈の三倍ほど、しかも水藻が繁茂しているために沈んでしまったらさがすのは難しい。手探りをしているうちにカッシは溺れてしまう、と悟り、一旦《いったん》水面に顔を出す。息をついて立ち泳ぎしながら、髪を結んでいた紐を解いて、人捜しの呪文を五回唱えるあいだに端を引き結びにし、歯にくわえてもう一度もぐった。

結んでいない方の端に引っ張られるがままに泳いでいくと、やがて泥煙のあがっている一角に、むなしくもがいているカッシを発見した。銀鎖の端をつかんで水底を蹴り、光の射す方向目指して上昇する。心臓の鼓動が十も打たないあいだだったが、湖面はひどく遠くに感じられた。

やっと水面に顔を出し、息をつく。咳きこむカッシをかかえたまま、リコが寄せてきた舷になんとかたどりつく。鎖をリコに渡してまず自分が這いのぼり、次いでカッシをひきあげた。リコと二人がかりでの力仕事、舟を転覆させないように気をつけながら三倍も重くなった魔道師をなんとかかんとか乗せるのに成功した頃には、もう秋の陽が大きく傾いて、急に寒くなってきた。

銀戦士たちは、二回もひっくりかえって、それでももとに戻った舟に全員が乗ったようだった。ただ、彼らの重さで水面すれすれになってしまったので、そう遠くへは行けまい。おそらくそのへんの小島に上陸して、焚き火を焚く一夜となるだろう。

かじかんだ指でカッシの鎖をほどきながらそこまで見届けた。鎖を湖に落としたあとは、カッシが自分で身体と衣類を乾かす呪文を唱え、湯気がもうもうとたちこめた。

リコは涙を流しながらその肩を叩き、助かってよかったと幾度もくりかえした。

ようやく家に帰ったのは、霧が夜とともに湖面に両腕を広げた頃だった。

暖炉に火をおこし、リコとカッシは酒を飲み、エンスは熱いスープで身体をあたためた。やがてリコは羊皮紙にさっきの魔法の記録をはじめた。蠟燭を五本も立てて明るくするのは、視力が弱ってきたためである。なんの紐をどの長さでどう結び、どんな呪文を唱えたのか、そしてその結果がどうなったのか、こまごまとエンスが口述し、慣れた手つきでリコがすらすらとコンスル文字を記していく。薪がはじけて木の燃えるいい匂いがたちのぼる。館の裏の白ポプラの梢《こずえ》で、梟《ふくろう》が秋の夜の歌を歌いはじめた。

リコの羽根ペンが紙の上をすべる音を聞いていると、カッシが身体をやおら前に傾けてエンスを睨みつけた。

「だましたな、リクエンシス。おぬしがリクエンシスなんだ、そうだろう」

エンスは鼻で笑った。

「余計なことを言わなかっただけだぞ、カッシ。そっちが勝手にリコをリクエンシスと思いこんだんだ。銀戦士どももな。だが、まあ」

と大きくにやりとして、

「おもしろかったぞ」

「なんてやつだ、まったく！　どうして誰も教えてくれなかったんだ」

「よそ者には警戒するんだ、サンサンディアの町の人たちは。なんせまわりは湖ばっかり、外からやってくるやつは二通りと決まっている。一つは儲けをおっことしていってくれるやつ、もう一つは害をなすやつ」

　エンスは一連の出来事を最初からたどって笑いを深くした。

「いやあ、ほんと、おもしろかったぜ。いい退屈しのぎになった」

　カッシは歯噛みして悔しがった。それからしばらく生命の恩人がどうのこうの、ずぶ濡れになってどうのこうのと応酬、文句を吐き出したカッシの気がすんだところでささやかな宴会もおひらきとした。

　エンスとリコは上階の寝室にひきあげ、カッシは居間の椅子を並べてクッションと毛布をしいた上に寝た。

　翌朝早く、二人はまたもやカッシの絶叫で目を覚ました。階段の踊り場で顔を合わせた二人は、大きく溜息をついた。

「信じられん、またやったのかよ」

「しかもまた失敗しおって」

　あわてもせずにおりていき、また一本指を失ったカッシの手当てをしてやる。

　前と同じにもやい結びで閉めてあった箱の紐のそばに、ナイフが転がっていた。カッシの痛みと出血がおさまると、身をちぢこめている彼を椅子に座らせ、暖炉の火をかきたてて暖かくしてやってから、二人で囲むようにして問い詰めた。まずリコがいつもとはうって変わって静かなしんみりとした口調で説教した。

「あんたなあ、そこまで自尊心にしがみつかなくてもいいと思うんじゃが。なんで魔法を使わなんだ。あんたの力でエンスの魔法を破れないかもしれんと思ったか。それゆえ試すこともせんで、手を使い、ナイフを使い、指を二本も失って……それほどの価値のあるものなのか、あんたの自尊心は」

そう言われてカッシはますます身体を小さくし、頭《こうべ》を垂れた。おのれの虚像を実際より大きく想い描く者が、それを崩されたときに示す反応は三通りだ。一つは崩れ落ちたことさえ認めようとせず、瓦礫《がれき》と化した残骸になおもしがみつく者、一つはなりふりかまわず周囲を攻撃して虚像を守ろうとする者、それからすっかり意気消沈して殻に閉じこもってしまう者。カッシはこの三番めにあたりそうだったが、殻に閉じこもらせておくわけにはいかない。エンスにも情はある。

「話せよ。なんでそれほど〈炎の玉髄〉がいるんだか。おれの家の床を血で汚したんだ、その分くらいは説明しろよ」

すると驚いたことに、カッシの顔にみるみる朱が散った。話せと言ったが、どこそこの女がどうのこうのという色恋ざたの打ち明け話だったらあんまり聞きたくないな、とひそかに後悔する。しかし、語られたのはそういうことではなかった。

「ロックラント地方に〈霧の町〉という町があるのだが、そこは一年中濃い霧に閉ざされているような土地で、人々は細々とした交易と漁業で生計をたてている」

「ああ、知ってるぜ、湿っぽくて寒いところだ」

「今年の春に川が氾濫《はんらん》し、町の半分以上が水につかった。百年に一度の大洪水だった。それで——」

額まで真っ赤になっている。

「多くの人が家を失い、家族を失った。孤児も大勢……その孤児たちを集めて面倒を見ている爺婆《じじばば》がいる。息子のものだった服を着せ、蓄えを削って食わせ、手仕事を教え、徒弟の口も世話してやっている。だが、病が流行って子どもたちは代わるがわる寝こむのだ。……ぼくは、そうした彼らをす、す、うう……」

「救いたい、と思ったのじゃな」

なぜこんなところで恥ずかしがるのか、エンスにはわからない。人助けをしたい、子どもたちを救いたい、という言葉が、自尊心のせいで出てこないのだろうか。恥と思うのだろうか。理解に苦しむ。

「〈炎の玉髄〉は火の玉じゃ。じゃが、火を焚く、というわけではなさそうじゃな」

カッシは少しばかり頭を起こした。

「あれは置いておくだけで湿気を払い、陽光の気をもたらす。だからこの家は湖の真ん中にありながら、こんなに心地がいいんだ」

二人は顔を見合わせた。

「そうだったのか……」

カッシの頭がまた少しあがった。胸も少しふくらむ。

「石のもつ力も知らずでは、石がかわいそうだ。まったく、これだから素人は。だが、ぼくがあれを必要とするのはそれだけではないぞ。あの石には血のめぐりをよくする力もある。血のめぐりがよければ、大抵の病は退けることができるのだ。心を上むきにする力もある。霧に閉ざされた町で、明るい気分になることはなかなか難しい。同じような働きをする石はたくさんあるが、あれ一つで子どもたちの百人くらいに影響を与えることができる。もちろん、ぼくが呪文を唱えてやらねばならないが」

と話しているうちに鼻孔がふくらみ上体がそっくりかえっていく。まな板の上の魚が、おれは魚の王様だぞ、とふんぞりかえる図を連想して、エンスはにやりとした。

「それで、その、息子の代わりに孤児の面倒を見ている奇特な爺婆というのは、あんたのなんなんだ？」

とたんにカッシは水の抜けた羊革の袋のようにしぼむ。また顔が真っ赤になる。ははん、とエンスには見当がついた。

「あんたが不肖の息子ってわけか」

「ぼっ、ぼくはっ！　名高い貴石占術師になったぞ！」

「それでも、両親が望んでいた息子にはなれなかったって思っとるんじゃな」

とリコも看破する。

「それで、罪滅ぼしに何かしようと思ったのか」

「あるいは自分を見直してほしいと思ったのか」

カッシは憤然として椅子を蹴った。エンスは箱に手をのばし、オスゴス、と呪文をつぶやいた。紐はするりと自らを解放した。カッシはあわてて両手で受けとめる。血のにじんだ指先が痛々しい。

「な、なぜ……」

よ、とカッシに放った。エンスは〈炎の玉髄〉をわしづかみにすると、ほら、やる
「最初っから事情を打ち明けて素直に頼んでおれば、指を二本も失うことはなかったんじゃぞ」

とリコが遅い助言をし、エンスも、

「頼めばよかったんだよ！　率直に！」

と叱りつけるように言った。カッシは目を白黒させ、口をぱくつかせ、呼吸を三つしてから尋ねた。

「た……頼めば、譲った、というのか？」

「事情がわかれば、な。爺婆と子ども、なんて話、聞かされちゃあ」

「ほ……本気にはしてくれんかと思ったのだ」

「馬鹿言うな。あんたのようなやたら自尊心の高い男が、嘘で爺婆の話なんぞするか。見そこなってもらっちゃ困るぜ。こっちだってあっちこっち放浪してきた魔道師だ」

ひゃ、ひゃ、とリコが黄色い歯をむきだした。

「そうそう」

カッシはまた顔を赤くして何か言おうとしたが、言葉は出てこなかった。彼の手の中では〈炎の玉髄〉がリコの笑いに合わせるかのように、丸く磨かれた玉の中心部から真紅の光を明滅させていた。

5

市長宅の前の階段に、花嫁と花嫁の家族が姿をあらわした。

黒に金糸の刺繍をあしらったトゥニカとズボン、紺碧《こんぺき》のセオルを羽織り、長靴に青の帯、剣をつるしたエンスは、黒い髪を首の後ろでやはり青い紐で結んだ彼なりの正装で、彼らのところまでうやうやしくのぼっていく。階段下では、市民にまざったリコが、ありとあらゆる色彩を縫い合わせた派手な長衣に、同じ意匠の高さのある帽子をかぶり、羽根ペンを動かして記録をせっせととっている。

彼の羊皮紙にはこう記されるだろう。

帝国暦一四五七年十月十三日、ローランディア州サンサンディア市の市長の長女の結婚式。前日につづき、テイクオクの魔法の仕上げ、と。

花嫁の家族の衣装の飾り結びには漁師結びと釣り上げの呪文。幸福を釣りあげる、喜びを呼びこむ、希望をふくらませる効果あり。特にフィラス少年の袖の結び目と肩の飾りリボン、帯には釘結びを使う。ゆるみにくく、解けにくく、強さのあるこの結びによって、少年の姉への愛と祈り、さらに無垢なるこの子の心がやがて強さに変じていくようにとのエンスの思いも入っている。少年は晴れやかな秋の陽に照らされて、黄金の森さながらの輝くような笑顔で礼を言った。

最後に花嫁。白地に鮮やかな刺繍の入ったドレスの胸元を結ぶ。幸運をからめとり、夫となる男との絆が終生喜ばしい光とともに保たれるようにと、やはり釘結びで、呪文は花嫁の誓いの言葉そのままに。

エンスがすべてを終えて階段をおりると、歓声がわきあがり、笛や太鼓や竪琴がやかましく鳴り響き、花吹雪が舞った。

これから一行は花婿の待つイルモネス女神の神殿へとくりだす。長い儀式のあとは待ちに待った宴会、三日三晩はつづくだろう。貴重なテクド産の葡萄酒、珍しいキーナ酒、それに、皮はぱりぱり中身がみっしりのキスプパンやティルのこってりしたチーズが楽しみだ。考えただけで唾がわく。熱いスープと一緒にたらふく食べよう。

カッシは式がはじまる前に、セヴェンニア行きの船に便乗させてもらい、故郷へと帰っていった。困ったときは人に頼めよ、と説教をして送りだしたが、なかなかそれは難しいだろう。人の気質を変えるのは本人にしかできないことだ。そういう真に大切なことに、魔法の入りこむ余地がないのは、この世の理《ことわり》としてなにやら不足のような気がするが。

銀戦士どもはまだ小島に足止めされている。五人乗れば舟が沈むので、動くに動けない。まあ、十日もすれば、なんとか工夫して脱出するだろうが、その頃にはエンスの魔法の紐が針路を限定して、サンサンディアには近づけないだろう。それでも彼らは湖沼地帯を島から島へと導かれ、雪の降る頃には〈北の海〉に面した港町の一つにたどりつく。長い冬をそこでさらに足止めされ、〈神が峰〉に帰りつくのは来年の夏ごろか、もうその頃には二度とローランディアなんぞに足を踏み入れたりするものかと、固い決意が彼らの心を占めているにちがいない。

　エンスは大きくのびをした。鮮やかな青空を、白鳥の一群が渡っていく。彼らが赴くのははるかなクルーデロ海だろうか、それともナランナ海だろうか。

　自分もまた旅立つときが来たのかもしれない、と思った。湖沼地帯にまぎれて二年の安逸にもそろそろ飽きが来ている。隠居するにはまだまだ早い。リコの年まであと五十年もある。

「おおい、リコ。リコったら。……おい。……グラーコ！」

　歩きながら隣から手渡された甘ったるい梨酒をがぶ飲みし、肩を組んですでに千鳥足の相棒に声をかけた。酔眼でふりかえるのに、

「おれ、ちょいとクルーデロ海のむこうまで行ってきたいんだが、あんたはどうする？　もう年だし、待ってるか？」

　リコは骸骨のようににやりとした。やかましい笛の音のあいだから専属書記の答えが聞こえてきた。

「馬鹿言うんじゃないぞよ！　わしもまだまだ若いわい！　もちろん一緒に行くに決まってるじゃろ。イスリル領にもぐりこむんじゃな。きひひひひ。おもしろくなりそうじゃわい！」

冬の孤島

The Winter Island

1

これはおれがまだ若かった頃の話。

だまされる形で〈神が峰神官戦士団〉に入団し、銀戦士どもの狂信ぶりについていけずに脱走したときから五、六年はたっていたか。神が峰で初等訓練をうけたのち、世間の荒波にもまれ、鍛《きた》えられた剣の腕前を筋肉にたくわえて。もともと大柄ではあったが、ここ数年でさらに肩幅広く身の丈も高くなった。その身体つきからは決して連想できない指先の器用さをあわせもち。蟻《あり》のリボンも結べるぜ。

見かけは一人前の闘士さながらではあったものの、中身は青二才、心の内で沸騰《ふっとう》している熱いもののはけ口を常に求めていた。同時に、あちこちで勃発する内乱、中央《ミドサイトラント》での熾烈《しれつ》な権力争い、行く先々で幅をきかせている銀戦士どもの姿を目にするという、混沌《こんとん》とした世界の状況に、ほとほと嫌気がさしていた。

とある晩秋の夕刻、〈夜の町〉の市場をぬけて、港近くに建ち並ぶさしかけ小屋同然の汚らしい居酒屋の一軒にとびこんだのは、そこならば決して銀戦士がやってこないと思ったからだ。昔の正体を悟られる心配からではない。追っ手はかかっていないはずだ。ただ、あの連中の、自分たちは完璧で清らかだと思いこんでいる顔つきが気にくわなかった。近親憎悪。おれは駆け出しとはいえ、魔道師だ。だが、そう、身の内に闇をたくわえる魔道師でありながら、おれはまだ、自分の汚さや不完全さを認められずにいた。ああ、若さとはそういうものだ。懐かしき——いやいや、懐かしくもない青春の日々。

その晩は妙に無風の闇夜で、晩秋にしてはねっとりと大気が肌に吸いつき、蒸し蒸ししていた。傾いだ丸太椅子に座り、穴のあいた傷だらけの大卓で、船乗りや漁師や市場の豆売りやらと杯をかわし——飲み口が欠けていて、唇を切らないように気をつけなければならない代物だった——調子っぱずれの歌をがなり、太った魚の身をむしり、薹《とう》のたった酌婦に頭をひっぱたかれ、うずくまる犬に肉の骨を落としてやり、まさに湿気の多い夜にふさわしいどんちゃん騒ぎ。あれやこれやと噂、世間話、皇帝の交代劇の真相なぞを肴にして。皇帝といってもここ数年でもう幾人が座を占めただろう。おれに言わせれば、こうだった。魔女の鍋同然にごった煮状態のコンスル帝国の皇帝になってなんになるか。腐りきった屋台の上に宮殿を建てても、傾くのは一目瞭然、それでも権力の座がほしいとはものが見えないにもほどがある。皇帝になるというのであれば、その前に、人心を一つにして国を立て直す政策をうちだしてみるがいい。

兄さんそりゃ、理屈じゃそうだ、理屈はそうだがね、なんせ支えてくれるものがねえ。力も金もねえ、魔道師どもも銀戦士の威容に恐れをなして、このところとんと姿をあらわさねえ。そうだそうだ、あるのは病と貧乏だけよ。なんのなんの、隙間風ってのもあるぜ。それを言うなら、おれは元気だけはあるぞ。へっ、元気だけあったって銅貨一枚じゃあ、女も寄ってこねぇぞ。ちっ、明日にはまた出航だ、しばらくはそっちの方もごぶさたか、こうしちゃいられねえ、おいらちと用事を思いだした、お先にごめんよ。ああ、行きたいやつは行くがいい。なんせ今度むかうのは海のどまん中の島だもんな。冬になりゃ、航海もそうそうできなくなるだろう。行ったっきり春まで足止めってぇことになるやもしれんしな。

頬杖をつきつつ杯を傾けていたおれの耳が、犬なみにぴくりとした。犬。この話には犬がつきまとう。海のどまん中の島だって？　それはおいといて。それは一体、どこの話だい。

「ココツコ島だぁよ」

むかい側で卓上に突っぷしていた水夫が、額をほんの少しばかりもちあげて答えた。

「ココツコ島かあ！」

右隣の漁師がまるで憧れてでもいるかのように酔眼をうるませた。

「おれたちにゃ手の出ねえ話だ。ココツコ草！　おい、少しばかりちょろまかしてきてくれねえか」

「馬鹿言うな、ばれた日にゃこっちの手がちょん切られちまわぁ」

ああ、とおれはうなずいた。ココッコ草か、このあたりではよく耳にする薬草だ。使いすぎれば中毒になってしまうが、適量ならば身体をあたため、万病に効くといって金持ちには重宝される。庶民が手に入れられるのは年に一度、一握り程度か。寒く暗く長い冬の、いざというときのための備えの薬草である。同じ名の島にしか自生しないとどこかで耳にした。おそらく夏のあいだ刈りとったものを運ぶ最後の船に、この連中は乗るのであろう。

「どのくらいの日数がかかるんだ?」

と尋ねると、別の一人が節をつけて、

「海路で五日、運が良けりゃ。潮の加減、海のご機嫌で倍になる。東南東へ舵《かじ》を切れ。春には面舵《おもかじ》、秋には取舵《とりかじ》、帆をうつせ」

と答えた。ふうん、と聞いて手から顎をはずし、指をあげて酌婦におかわりの合図をした。

「ああ、だけんどよぉ、冬にあそこに足止めはごめんだなぁ」

左隣の水夫がぼやく。

「なんでだ。〈夜の町〉よりはあったかいんだろ? 昼も少しはあるんだろ?」

水夫は肩に首を埋めるようにちぢこまった。

「うう、ぶるぶる。たまらん、たまらん」

するとむかいの男も卓上でのびたまま、唱和した。たまらん、たまらん。

おれは女に怒鳴った。おい、ここのみんなにもおかわりだ。おれのおごり。なみなみと葡萄《ぶどう》酒のつがれた杯を水夫たちにおしやって、

「なんだ、おもしろそうじゃないかよ。一体ココツコ島には草の他に、どんな話があるんだか、聞かせてくれよ」

するとと突っぷしていた男が杯に手だけのばし、自分の頭もなかなかもちあがらん、とでもいうかのようにのろのろと起きあがり、ぐびり、と喉を鳴らして一口。

「おれも聞きてえ」

と右隣の漁師。

「荒くれ船乗りがぶるってるって、一体どんなことだぁ？」

馬鹿やろ、そんな、おもしろがるようなことじゃねぇ、とつぶやきつつも、杯一杯の葡萄酒代なのだろう、さっき節をつけて歌った男が、

「化け物が出るんだ」

とつぶやいた。

「ブロンハ」

と右隣の水夫が言い、むかいの男が左手で上半身を支えつつ、

「ファイフラウ」

とつけたした。その直後に一陣の冷たい風が吹きこんできて、吊るしランプが一斉《いっせい》に揺れた。

ぎゃっ、とかわぁ、とか大の男の喚声があがり、水夫たちは席を蹴ってめいめいに店からとびだしていく。むろん、杯の中の酒を一口でのみほしてからのことだったが。

おれは卓上に転がった杯をながめながら腕ぐみをして、しばらく座っていた。ランプの揺れはすぐにおさまり、また湿気の多い生あたたかい大気が戻ってきた。右隣の漁師が首をふりふり、焼魚をつまむ。大卓の端っこでは、豆売りと床屋が額を寄せてひそひそとやっている。

「ブロンハだと」

「ファイフラウですよ」

おおい、とおれは遠くへ呼びかける真似をし、指先で二人を招いた。ふりかえって、おねえさん、杯なんてまだるっこしい、水差し一瓶おいてってくれ、と酌婦に声をかける。すると空いた席にするすると二人がすべりこんでくる。

「なんだ、そのブロンハとファイブルなんとかってのは」

炊いた豆のような目をした豆売りが、身をのりだしてささやいた。

「化け物の名前だよ、兄さん」

小ざっぱりと短髪にし、髭もあたった様子の床屋がその隣でうんうんとうなずく。

「ブロンハは大地の底からあらわれて、こう、鉤爪《かぎづめ》で人をさらって喰っちまう。あとにはでっけえ穴と、両腕広げたくらいの長さのある羽根を残していく、鳥の化け物だ」

と豆売りが早口でささやけば、床屋がつづけて、

「それからファイフラウは〈燃える木〉ですよ、〈燃える木〉。焚き火から突然躍りだし、枝を使って人間をからめとるんですってよ。大の男がそれで何人もやられているって話ですな」

失笑しかけるのをかろうじて抑えこんだ。二人とも酔ってはいるものの、ひどく耳目を気にしている様子だったからだ。もう店の中には他に、おれと漁師しかいない。二人が気にしているのは、名前を口に出すと化け物を呼び寄せてしまう、とでも思いこんでいるからか。

「……その二つの化け物が、ココツコ島にいるってか？」

真面目な顔をつくっても、声の響きに嘲《あざけ》りがまじっていたかもしれない。床屋がおれの鼻先に指をつきつけた。

「馬鹿にしちゃいけない、若旦那。北の大陸にゃ、ソルプスジンターなる化け物がいるって話は聞いたことがあるでしょ。それと同じくらいに、現実《うつつ》のことですぜ」

共喰いをして育つ空飛ぶ黒い化け物が、北の大陸の村や町を壊滅させたという話はあちこちでよく聞く。百年か二百年に一度のことでも、ソルプスジンターの恐怖は海を渡って伝えられ、そして残る。

「わしたちゃ、何十年もここに住んでいるけどな」

と豆売り。

「ココツコ島から帰ってくる船乗りから、嫌というほど聞かされてきた。実際、行ったきりで戻ってこねぇやつもいた。冬のあいだはなるべく行かねえのが賢いぜ」

「その化け物は、冬に出るんですよ。一冬に二人か三人、やられるそうで。ソルプスジンターほどの破壊力はないし、海を渡って来たりもしねえんで、島から出りゃ安心ですがね」

素焼きの水差《アンフィオル》しがきた。おれはその二人と漁師の杯になみなみと注いでやり、しばらく黙していた。やがて、彼等同様、身をかがめてささやく。

「そいつらと、銀戦士と、どっちが厄介だ？——魔道師にとって、ということだが」

すると二人はそれを冗談とうけとったようだ。顔を見合わせたあと、爆笑した。

「化け物と人間と比べろってか？」

「魔道師ってなんですか、魔道師って！」

本気にしていないのをむきになることもないので、おれも一緒になって笑い、四人で葡萄酒を干した。それから何杯やっただろうか。気がつくとおれを除く三人はすっかり酔いつぶれて卓の上にのびていた。

それを潮に、酔いをさますべく店の外に出た。

〈夜の町〉の晩秋の夜明けはなかなかやってこない。あたりは漆黒《しっこく》の闇に霧、波止場に寄せる波の静かな音が聞こえるだけだったが、おれの鼻は潮の変わりめをかぎつけていた。あと半刻もすれば引き潮、港から船が出ていく。

ココツコ島。銀戦士も訪れない海のどまん中。一冬すごすにはいいかもしれない。鳥の化け物と燃える木の化け物が出るとしてもだ。案外、余所者《よそもの》を長くとどめおきたくないがための作り話、あるいは誇張した話、ということもありうる。ココツコ草の乱出を防ぐ手段として。おれはその若さですでに、裏の裏まで勘ぐる癖がついていた。

化け物がいてもいなくても、おもしろそうだ、と思った。潔癖症の狂信者がのし歩くのを見ないですむだけでも行く価値がありそうだった。

酔った頭で下した決断だからほめられたものではなかったが、おれは波止場の奥へと足をむけた。しばらく行くと、霧の中にカンテラの灯りがうかびあがり、出港の準備の慌《あわただ》しい物音や人声が聞こえてきた。

舟を操る術は覚えている。故郷の湖で幼い時分に身についたものだ。だが、大型商船となるとまた別物だろう。海も湖とは異なる。それでも、とおれは楽天的に思った。索《さく》と帆の関係とか、風向きや波の様子とかは、応用がきくにちがいない。見習い水夫か下働き、もしくは海賊対策の用心棒としてもぐりこめるだろう。そこは得意の口八丁、紐結びの魔道師の腕前を披露してもいい。

朱色の灯りを背負って闇の中にも黒々と聳《そび》える三本帆柱の商船を見あげた四半刻後には、甲板の上に立っていた。

引き潮に乗って外洋に出てまもなく、行く手に朝陽が額をあらわした。

海は黄銅鉱《おうどうこう》さながらに輝き、どぎつい光の筋をつくった。船はその光の道をたどって絶海の孤島へと進んでいった。

2

一人前の水夫となるにはあと三年、船に乗らなければならない、と言われた。だが、半人前であればまあまあ使えるか。そんな軽口と一緒に背中をどやされ、本当に一冬ここですごすのか、と眉をひそめる面々を甲板に残して島におりたったのは、〈夜の町〉を出てから七日めの午後だった。

〈東の湾〉と人々が呼ぶ、島に切りこみを入れたような湾の奥に、小ぢんまりとした町が待っていた。その〈二の町〉は漁業と、塩と、ココツコ草の交易でなりたつ町で、瘤のようにもりあがった黒い台地に埋もれて見えた。百余りの三角屋根だけが苔《こけ》におおわれて、弱々しい初冬の光に茶金色に並んでいた。陽がかげるとたちまち陰鬱《いんうつ》な表情をし、陽が射せば殺風景な寒々しさがなおさらきわだつ、そんな町だった。

それでも港には、ココツコ草を求めて今年最後の船団がひしめき、高台の真下の一本道を手押し車や荷車が行き交っていた。

おれは閑古鳥《かんこどり》の鳴いていそうな宿に入り、亭主としばらく話をした。はじめは胡散臭げにおれのすることを見ていた亭主も、夕方になってから次々に船乗りたちが泊を求めておしよせると――これはこの宿ではついぞなかったことだ――半信半疑ながらもただでおれを泊めてくれた。翌日、宿の看板に結んだ紐をほどくと、夜の客は数人にとどまり、また翌日結べば大入り満員となったとあっては、もう信じるしかない。しまいにはどうぞ一冬、十分の一の宿賃で泊まっていってくれ、と両手を広げて満面の笑み。来春にもう一働きしてくれれば、飲み放題食べ放題で、と歓迎してくれた。

おれもそのつもりだった。化け物が本当にいるのなら、見てみたいという興味もあったし、この港町で犬猫をからかいながら冬をすごすのも悪くない、と思っていた。――あいつを目にするまでは。

それは長逗留を決めた翌日の夕刻のこと。内陸部からやってきた塩運びの男たちが明日出港する交易船に荷袋をすべてかつぎあげ、銅貨を手にして気が大きくなったその勢いで、どやどやと宿になだれこんできたときだった。おれは、食堂のまん中の大卓で、この繁盛ぶりににやつきながら、ニシンの塩焼きにかぶりついていた。周りにたちまち男たちが陣どり、声高に監督や仲間の悪口を言いあい、その合間に注文を叫ぶ。

「おお、あんちゃん、うまそうなもの食ってるな。――おおい、おれにもこの魚だ！」

「おいらはタラのスープがいいな！　せっかく海っぺりに来たんだ、あっついのを頼むぜ！」

そうふりあげた拳《こぶし》のむこうに、新たに入ってくる男たちがめいめいの卓につくのが見えた。その中に、おれはあいつを見分けたんだ。

食堂の広間の周りには、一段下がった土間に小部屋があった。もとは乾いた草や苔や流木を積んでおく物置だったが、おれの魔法で人が入るようになって急遽《きゅうきょ》、卓をおいたのだ。土間で、少しばかり寒さがしみてくるような一角ではあるが、少人数の客や一人静かに酒を飲みたい客にはおあつらえむきだった。そこへ、あいつが入っていく。

やつは、吊りさげられたカンテラや、壁際で景気よく炎をあげる松明《たいまつ》の灯りも届かない隅を歩いていたはずだが、どうしたわけか、隙間風に揺れた灯《ともしび》がその斜め横顔を一瞬照らしだした。背はさほど高くないが、がっしりしたあの肩の線、汗をかいたようにてかっている額、赤い耳、はげちょろけの後頭部。小鳥の柔毛《にこげ》のような髪の毛も四年前は真っ黒であったはずだが、今は白い霜のようだ。その後ろに、連れがいた。こちらは一目で魔道師とわかる恰好をしていた。あいつはその連れに何か話しかけた。塩運び人たちの喚声をぬって、わずかに耳に届いた一声は、忘れもしない、喉の奥がただれたようなだみ声だった。

目の前がちかちかした。まるで横っ面をはられたように真紅の閃光《せんこう》が走った。心の臓がわっと叫んだ(ように感じた)。熱くなった血が身体中を駆けめぐった。つき動かされるように立ちあがると、葡萄酒がまだ半分ほど残っている素焼きの水差しと杯をひっつかみ、おい、何すんだ、その酒はおれたちが飲んだぞ、と塩運び人の怒鳴るのにもかまわず、また新たに入ってきた客たちをおしのけるようにして、石段をおり、土間に立った。

パルスモとやせて小柄な連れの二人は、ちょうど流木の丸太椅子に腰をおろして一息ついたところだった。
おれがやつの前に音をたてて杯をおくと、やつは黄色に濁《にご》った目をむけて、愛想笑いをした。その乱杭歯《らんぐいば》の醜さに、むかっときたおれは（誓っていうが、そのときまで徹底的にやっつけてやろうなどとは思ってもいなかったのだ。せいぜい、一発でのしてやろうと考えていただけだ。だがその前に、彼から教わったやり方で、彼の仕打ちをねちねちとあげつらってやろうと思っていた、それでも叩きのめすまではしなかったはずだ）、水差しの葡萄酒を思わずやつの顔に浴びせかけた。

隣の男が瀕死の鶏のような悲鳴を発するのと、おれが卓上に跳んでパルスモの襟をしめあげ、拳をふりおろすのとが一緒だった。殴られる寸前、やつが目を見ひらいたが、そこに狡猾《こうかつ》そうな光は走ったものの、おれを誰だか認めた色はなかった。それでまた頭にきたおれは、やつをはなし、はなした方の拳でもう一度殴った。やつは後方に吹っ飛びながら、一声何か叫んだ。おれは転がったやつにさらにとびかかった。直後に、耳の後ろで犬の獰猛な唸り声がした。忘れていた。こいつには用心棒がわりの闘犬がいたんだ。

かろうじて頭をかわす。耳の横でタイラル犬の牙が合わさる音を聞く。とっさにパルスモの胸の衣を両手でわしづかみにし、二人で折り重なりつつ身体を横に転がした。さらにとびかかってきた闘犬は、主人の背中に歯をたてる寸前で前足をくりだし、その反動でとびのいた。さすがは獣、動きがいい。

なぞと感心している場合ではない。とびのいた犬が歯茎《はぐき》まで見せてもう一度襲ってくる。おれは軽く力を入れてパルスモを犬の方に投げた。──いやいや、ちがう。素早く両足を曲げてやつの下腹を蹴りあげたってこと。渾身の力が必要だった。贅肉《ぜいにく》たっぷりの腹を蹴りながら、おれはあいつの胸のあたりに何か熱いものを感じた。比喩ではない。実際、きゃつの心の臓の上あたりに、懐かしくも今まで忘れはてていた真紅の球をなすものの存在に気がついたのだ。しまった、一緒に放り投げちまった。

パルスモは仰向けになりながら闘犬の鼻面にぶつかり、さらに、卓の上をすべってむこう側に落ちていった。わんこはさすがにぎゃうん、と鳴いた。やつは横ざまに身体を転がすと──昔から受け身だけは上手かった──四つん這いになりつつ階段をのぼっていく。すかさず追うとすると、ぴすぴす鼻を鳴らした犬が、ぐるぐると回って進路を邪魔した。折れた三角耳のあいだに拳骨《げんこつ》をくらわせてもよかったし、腹を蹴りあげてもよかったが、心やさしいおれにそんなことはできやしない。憎たらしい因縁のあるタイラル犬ではあったけれども（名前はなんというのだっけ？　昔の記憶はこいつに対する恐怖で曇っている。そう、昔はこいつがひどく怖かったのだ）、そこまでしたら世界中の犬から総すかんをくらうに決まっている。

躊躇《ちゆうちよ》しているすきに、あいつは石段をのぼりきり、この騒ぎに集まってきた男たちのあいだをうなぎさながらすりぬけて、あとは脱兎《だつと》のごとく宿の外へ。ようやく石段に片足をかけたおれは、水差しをぶんどられた塩運び人の拳をかろうじてよけ、同時に右足を軸にして左足で回し蹴りした。これも誓って言うが、喧嘩しようと思ってしたことではない。だが、蹴ったのは、当の相手ではなかったらしく、足が当たってよろめいた別人は腹いせに右隣の水夫を殴り、水夫の仲間が塩運び人の仲間にとびかかり、食堂はたちまち乱闘の渦と化した。

　おれは石段の下にしゃがみこんで、嵐が頭の上を吹きあれるのを数十呼吸のあいだ、ながめていた。そのあいだにまだそばをぐるぐると回っているタイラル犬の腹に手をかけてひきよせる。犬ははじめは踏んばって抵抗していたものの、有無を言わせぬ「主《あるじ》はおれだ」の主張に負けたのだろう、とうとう尻の横に腹ばいになって頭を前足の上に乗せた。

　こいつのケン幕に恐れをなして、パルスモの提案にうなずかざるをえなかったのは、確かそう、十四か十五のときだ。あいつはあの汚らしい乱杭歯をむきだして、おれに迫った。キスプの町だったか、ティルだったか、美の女神《イルモネス》神殿の破風に反射した陽の光を背景に。どうでもいいことは覚えているものだ。あの頃は、こいつも若くて血の気が多かったのかもしれない。老犬の仲間入りをした今じゃ、従うべきが誰かを見分ける術が生き残りにかかっていると感じているのかもしれない。

　頭上の喧嘩は少し下火になりかけていた。土間の隅でちぢこまっていたパルスモの連れが、影から影へ、そろそろと動いていた。

「おい」

と声をかけると、彼はぴょんと跳びあがった。わななく口元だけが頭巾《ずきん》の下に浮きあがる。

「こいつの名前、なんだっけ」

彼は小声で何か答えたが、聞こえない。そばへ来いと手招きすると、観念したのだろう、渋渋近よってきた。もう一度同じ質問をすると、

「コヨール」

と答えた。そんな名前だったか？ 犬への恐怖が記憶をおし流していたらしい。コヨール？と口にすると、彼女は片耳だけをぴくりと動かした。

不意に、過去のことなどどうでもよくなった。少年の頃のわずか一月《ひとつき》かそこら――いやいや、待てよ。おれにしたらあれは一年にも思える長い長い日々だったが、よくよく考えてみれば、一月《ひとつき》もなかったのかもしれないぞ。〈炎の玉髄《ぎょくずい》〉を懐《ふところ》に、銀戦士を避けながらの紐結びの商売、キスプの町だったかティルだったかそれはどうにもはっきりしないのだが、神殿前でパルスモにつかまり、言うことをきかないとこいつに（むろん、淑女コヨールのこと）襲わせる、瀕死のおまえを銀戦士に売りわたす、と恫喝《どうかつ》されて、泣く泣くやつを紐にした、洒落にもならない出来事だったが、あの悪夢の日々は――正味十日ほど、か？

十日のあいだ、おれはあいつのために紐結びをせっせとこなし、客からの報酬はほとんど全部、パルスモの懐に入った。逃げだそうにも犬が見張っている。当時のおれは大柄でもまだまだ心やさしい少年で、犬歯をむいた闘犬の形相にすっかりおびえ、自分が剣士のはしくれだという矜持《きょうじ》なぞは、橋の上から川に投げすててしまっていたのだ。

しかし、得たものも大きい。パルスモの口八丁、二枚舌、冗舌《じょうぜつ》。人をその気にさせる話術。あれも一種の魔法であったやもしれない。ずる賢さや平然と嘘をつく面の皮の厚さをも心やさしい少年はしっかりと学んだのだった。

たった十日だ！　なんとまあ！

おれはくすくすと笑いだした。そばの魔道師がぎょっとして顔をあげ、コヨールは不思議そうに鼻面を傾けた。ひとしきり笑って、笑いがおさまると、

「えい、畜生め！」

と怒鳴って立ちあがった。そのときには一本の紐をとりだしていた。

長さはおれの手のひらほど、そいつを手早く蝶結びにすると、花々の名前を呪文がわりに唱えながら、騒ぎいまだおさまらない連中の足元に放り投げた。束の間、花の匂いがたちのぼる。香わしい紫鐘草《ラベンダー》、カミツレ、橙蓮華《だいだいれんげ》、どれも鎮静効果たっぷりだ。さしもの荒くれ男どもも、春と夏を思いおこさせる匂いに、ふりあげた拳をおろし、とまどったような表情で互いをながめ、めいめい吐息をつくと自分たちがひっくりかえした卓を戻し、転がる杯を拾いあげ、割れてしまった水差しやら椀やら皿やらはそのままに、頭をかかえていた亭主に料理と酒の追加を怒鳴る。

「心配すんなぁ、おやじさん。おい、みんな、こいつに酒代を入れろ。心づけも多めにな」

と世話好きの一人が保証し、パン入れだった素焼きの深皿をまわす。銀貨銅貨が次々に入る音

に、亭主もようやくあきらめたらしい。厨房にひっこんだ。

　そのときにはおれももう何くわぬ顔で、土間部屋の丸太椅子に腰かけ、卓の上の水差しの底に奇跡的に残っていた酒を、拾った二つの杯にあけていた。足元には老嬢のコヨール、むかいには頭巾と長衣の魔道師を座らせて。

　杯を魔道師の方におしやってから、おれは口をひらいた。

「聞きたいことがある。パルスモはどこへ行くと言っていた？」

「おまえ……おまえ、も、魔道師、か……？」

「ああ、そうだ。おれはリクエンシス。エンスでいい。テイクオクの魔道師だ」

　ちぢこめていた肩の力をほっとおろして、魔道師はそろそろと頭巾をぬいだ。

「わしはオルスルという名だ。……フォアサインの魔道師。エズキウムから来た」

「エズキウム……？　そりゃまた、ずい分遠くからはるばると。何をしにこんな辺鄙なところまで」

　う、と一瞬口ごもったのは、言いたくないということなのだろう。上目遣いにちらりとおれを見あげ、視線が合うとうつむいた。一呼吸してから仕方なさそうに、

「エズキウムの魔道師長に、命じられた……。この島の、化け物を退治せよと」

「そりゃまた難題を……。フォアサインの魔道師、なんだろ？」

「左様、世界には〈気〉の流れがある。その〈気〉の流れをさまざまな道具によって散らした

り、集めたり、変化させたり――」

「講釈はいいぜ。そのフォアサインの魔道師に、化け物退治しろって？」

細めの肩がますます下がった。それでぴんときた。遠慮なく、ずばりと言った。

「はっ、はあ！　あんた、左遷されたのか！」

すると驚いたことに、オルスルなる三十すぎの魔道師は、両目に涙をもりあげ、やがてしくしくと泣きだした。エズキウムの魔道師は、そんじょそこらの野辺の魔道師たちとは格が違う。神が峰の銀戦士が清浄無垢の魂を象徴するとしたら、エズキウムの城壁の中にいることを許された魔道師は、いわば魔道師の中の魔道師、闇の魂に君臨する者たちだ。片眉をわずかに動かすだけで岩をいくつも同時に動かしたり、地下水を噴きあげさせたり、嵐を呼んだりする。そうした連中が、エズキウムの城にはごまんとうごめいているそうな。有事の際に、エズキウムを護《まも》るために。イスリルの侵略や、コンスル帝国の弱体化で、反乱やら内乱やらがたびたびくりかえされているここ百有余年、エズキウムは余所者の軍勢にその大地を踏ませない〈嘆きの地〉として名高かった。その城から「出された」オルスルは、つまりは「もうおまえを必要としないから、二度と戻ってくるな」と宣告をうけたということだ。

「体《てい》のいい追放ってわけか。一体何をやらかした？」

と尋ねると、オルスルは洟《はな》をすすりあげながら、

「良かれと思ってしたことなんだ……」

そうつぶやいてあとは口ごもる。それをなだめ、同情を示してようやく聞きだしたところによれば、彼より力のあるフォアサインの魔道師が、エズキウムの城壁の四隅の根元にさらなる護りの呪具を施した。それを真似て彼もまた同様に、壁の石がぬけ落ちているところや崩れかけている裏手に呪具をおいた。護りを補強するという意味では、まったく同じ行動だったのだが、

「出すぎたおこないだと糾弾された」

オルスルより地位が上だと自任している魔道師にとっては、手柄を横取りされたような気分になったのかもしれない。エズキウムの魔道師同士は仲間意識など皆無で、むしろ互いに足をひっぱりあう関係であることは有名な事実だ。相手にとってはオルスルを蹴落とす恰好の口実となったにちがいない。ところがオルスルはそういう面での警戒心が不足していたのか。

「それで、もっと役にたつことをせよと、魔道師長からのお達しで……」

と、またしくしくとやりはじめる。おそらく相手は魔道師長に大袈裟《おおげさ》に言いたて、うまく周りも巻きこんで彼を孤立させたのだろう。

そりゃ、泣きたくもなるわな。

野辺の魔道師のおれとしては、宮仕えなど窮屈《きゅうくつ》でしようがないんだが、こいつにとってはそこが「家」だったのだろうから。

指をあげて亭主に酒のおかわりを合図し、しばらく彼の泣きにつきあって黙っていた。新し

い水差しがくると、杯をなみなみと満たして呑ませた。一気にあおってようやく泣きやみ、洟をかむのを待ってから尋ねた。

「……それで？　パルスモとはどういう行きがかりだ？」

「化け物退治を手伝ってくれると……」

おれはまじまじと相手を見つめた。顎の細い華奢《きゃしゃ》なつくりの顔に、整った目鼻がついているが、打たれ弱そうな気配を感じるのは、しくしく泣いた場面を見たせいか。

「本気か？」

ああ、とうなずく。

「化け物というのは……おれが思うに……大地の底の炎と闇が生みだした厄介者だ。それを、一介の魔道師が、たった一人で、どうにかできると？」

「フォアサインの力でなら、やつらを結界にとじこめることができる。それから徐々に弱らせて、とどめはあいつが刺すと言った。あいつと、その闘犬が」

おれは犬を見おろし、唇を歪めて再びオルスルを見た。オルスルはあきらめたように大きく溜息をついた。

「……そうだな」

「いくら、とられた」

「ここに連れてきてもらうのに十枚。島の中を案内するのに十枚。助力すればもう二十枚払う予定だった」

銀貨一枚あればここと〈夜の町〉を四往復はできる。やはりパルスモは魔道師の吸血コウモリだ。おそらく明日には帰りの船にもぐりこんでおれたちの目の前から消えうせているだろう。

「あんたはどうするんだ？」

オルスルはその問いに胸をえぐられたかのような顔になり、また目を涙でいっぱいにして、天井を見あげた。パルスモの助力があてにならないと知った今、よるべのない孤児と同じ心境になったのだろう。

「なにもエズキウムだけが都ではないだろう。どこへ行ったって住めば都だ」

と慰めるつもりで言ったのだが、オルスルは意外にもぎゅっと唇をひき結んで、いいや、と唸った。

「わしは必ず帰るぞ。帰ってみせる」

おれは肩をすくめるしかなかった。するとオルスルはわずかに身をのりだして、

「おまえも魔道師だと言ったな？　どうだ、わしに銀貨十枚で加担するつもりはないか？」

なるほど、やっぱり魔道師だ。目的のためなら商売敵でも利用するということ。おれは一晩考えさせてくれ、と返事をした。化け物退治の片棒を担ぐのも、まあ、おもしろそうだが、こういう輩《やから》を相手にするときには、よくよく考えねば。今までも、大柄で若くて知恵もなさそうに見えるおれを、簡単にだまそうと寄ってくる者は大勢いた。昔は食いものにされたこともし

ょっちゅうだったが、経験をつめば世のこすっからさにも慣れてくる。もう少し呑むというオルスルをおいて、おれは熟考すべく部屋にあがったが、寝台に横になるや酔いがまわって意識をなくした。

屋根がゆすられるような感覚で目覚めると、外が騒がしかった。屋根の側面についている窓の板戸をおしあけてうかがうと、まだ真っ暗な道を、灯りを手にした人々が港の方に走っていく。火災特有の臭いが鼻をつく。

部屋を出たところで、黒い何かにつまずきそうになった。昨夜の犬が番犬よろしく扉の前にねそべっていた。どうやらおれを完全に主人とみなしたらしい。おれを見て立ちあがり、うれしそうに尻尾までふった。いつ襲われるかとびくびくしているよりははるかにいいか。

おれは背後からついてくるコヨールの気配にびくつきながら、宿の外に出てみた。他の客も亭主も下働きも、みんなとっくに行ってしまったらしく、宿の中はがらんとして、扉もあけっぱなしだった。

遠くに火柱の先がちらりと見えた。周囲には煤《すす》がふり、煙の臭いが充満している。幸いなことに風のない明け方で、炎はまっすぐにあがっている様子。黄色い煙と漆黒の煙がからみあってたちのぼっているのが夜目にもわかった。

道にそってしばらく行くと、港に大勢が集まって、一隻の船がめきめきと音をたてながら燃えあがるのを、なすすべなく見守っていた。巻きあげた帆から、くすぶる煙が吐きだされている。二本の帆柱に、大蛇さながらの炎が巻きついている。甲板はすでに火の海で、海側の舷《ふなばた》が傾きはじめていた。人垣の最前列で船長らしき男が頭をかかえ、大声で泣きわめいている。ココツコ草のかすかな臭いが、船の焼ける臭いの中にかぎわけられた。船を失くしたうえに、大損とあっては気の毒な。

いつのまにか隣に宿の亭主がいたので、尋ねてみた。

「誰か船内にいたのか？」

「わからねえ。水先案内人が乗員の人数あわせをしているところだ」

すると前に立つ太った女が肩ごしにちらりとこちらをうかがってから言った。

「一人二人、甲板から海にとびおりたって話だよ。火だるまになってさ」

「一人だ、一人」

斜め左の男が口をはさむ。

「乗員じゃねぇって話だぜ。桟橋の端っこでなんとか助けあげられたそうだ」

「町のやつでもねえってよ」

別の男も話に加わる。

「昨日ついたばかりのやつらしいぜ」

「ココツコ草を盗みに入ったんかな」

「来たはいいものの、帰る船賃がなかったとか？」

「さっき薬師《くすし》が走っていったよ」

「ココツコ草持ってな」

この皮肉に、あちこちから忍び笑いがあがった。盗人に対する同情は薄い。と、そのとき、帆が焼け落ちて甲板に衝突する音がとどろいた。人々はどよめいて思わず後退する。炎の熱気がおれの顔にも当たる。

次いで帆柱の細い方が傾き、炎の蛇を空中にまきちらしながら倒れていった。その衝撃は近くの船をも大きくゆさぶり、海水が見守る人々の足にはねとび、傾きかけていた船をさらに傾かせた。

踵《きびす》をかえして逃げようとする群衆と、後方で見守っていた人々がぶつかりあい、そこここで罵《ば》声《せい》や悲鳴があがった。おれは、前の太った女がよろめくのを胸で支えてやった。その女の横顔に炎が映る。思わず見あげると、火柱が天にも届くかと思われるほどに炎を一直線に噴きあげていた。

船が燃えるなど見たこともないおれでも、その炎の様は異様だとわかった。まるで魔道師の仕業のように、火柱はまっすぐに立っていた。一瞬、他にも魔道師がいるのだろうかと考えたほどだ。

長いあいだ、と感じたが、ほんの数呼吸のあいだだったのだろう。火柱は不意に破裂した。

手のひら大の破片がふり注いだ。大きく後退していた人垣の上にも次々にふってきて、髪を焦がす者、あわてて海にとびこむ者、腕や背中を火傷する者、たちまち大騒ぎになった。

火のついた木片を叩きおとした直後に、笑い声のようなものを耳にした。火柱のあった空中に、枯れ木が一本、浮いていた。炎をまとっているのに、それ自体は燃えていない。そいつは身をよじってさらに声をあげたが、笑っていると聞こえたのはこちらの思いちがいで、シャチの鳴き声にも似たその叫びは、つづけて聞くとむしろ、悔しがっているように聞こえた。

人々の悲鳴が大きくなった。

「ファイフラウだ！」

「ファイフラウッ！」

次の瞬間、全員がわっと駆けだした。脇目もふらずに、町へと逃げ戻っていく。

おれはつきとばされ、足を踏まれ、腰をこづかれたものの、動くことなく炎の化け物を見あげていた。誰かがそばに来て、一緒に立った。オルスルだった。

「〈燃える木〉、と聞いたが、あいつ自体は燃えていないようだな」

そう言うと、オルスルもうなずいた。

「何とも不思議な……しかし、船をまるまる一隻焼くとは……前代未聞……。わしの集めた情報では、人にからみついて焼くって話しかなかったのに……こんな冬のはじめに。きゃつは真冬に出没すると聞いている。まるで何かにひきよせられたかのようだ。はてさて、面妖な」

ファイフラウは金属同士がこすりあわされたときのような声をたてて、前かがみになった。波止場に立って、沈みゆく船と化け物を平然と見あげる二人の人間に、興味をひかれたがごとくに。目も口もないのに、こちらを凝視して脅しの叫びをあげている。おれは懐をまさぐって紐を用意しようとした。もしあいつが襲ってきたら、防げるだろうかといぶかしみながら。火で紐が焼けてしまったら、防ぎようがないのではないか。とっさのことだから、フォアサインの魔道師の力はおれの紐以上にあてにならないぞ。

冷や汗がどっとふきだしてきた。ファイフラウがまた叫び声をあげた。動いたら一瞬だろうと思った。その一瞬につかまったら、焼け死ぬことになる。防護の綱結びを手早くやろうとした。だが、あいつは、まさに今、襲ってくる！

と、そのとき、膝の前に黒いものがとびだしてきた。怒り狂ったように吠えたける。犬歯と歯茎をむきだしにして、唸りと吠えとを同時にやった。その声で船がまた大きく傾き、半分ほど沈みこんだ。ファイフラウの叫びなど、コヨールのケン幕に比べたら魚のつぶやきほどだった。全身の毛を逆だてて泡をとばしながらコヨールは吠えつづけた。とうとうファイフラウはじゅっ、と言った。まるで水をかけられた熾火のように。そして直後に、その姿はかき消えていた。

なおも興奮おさまらない犬の首を軽くひっぱってなだめながら、おれは一連の出来事をくらくらする頭の中でつなぎあわせていた。ファイフラウの悔しげな様子。船をまるまる一つ焼いたこと——その船はすさまじくきしめきながら、海に沈んでいくところだ——。それはいまだかつてない仕業であること。それから船に乗っていた一人の男。それが誰であるかは想像がつく。そしてそいつの懐にあるものも。やつは火だるまにされた直後に、海にとびこんだという話だ。懐にあるものも一緒に。すると、ファイフラウの目あてがなんであったのか、おのずと結論がひきだされる。

　ようやくコヨールが吠えるのをやめた。喉の奥で警戒の唸りを鳴らしてはいるものの、逆だった毛も少し落ちついてきた。

　おれは立ちあがり、わずかに明るくなってきた空の下で、さっき聞いた「桟橋の端」を見すかした。小さい港だが、桟橋は幾本かあり、交易船がまだゆっくりと揺れながら視界をさえぎっている。

　北の初冬の暁の輝きは、薄紅の裾で島をやさしく払ったあと、あっというまに西へと去っていき、一番奥の桟橋に行きつくまでに周囲はすっかり明けはなれていた。

　パルスモは穴のあいた毛布をかけられて、ぐったりと横たわっていた。薬師と、数人の男女が彼を見守り、一人が近くの家に担架《たんか》になるものをさがしに行っていると告げた。

　おれは彼のすぐそばに膝をついた。薬師がおれを知りあいと見てとって説明してくれた。頭頂部から首の後ろと手の甲にかけて赤くただれて水ぶくれができていたが、衣服が火から彼を護ったようで、他はすべて軽い火傷だといった。火傷より溺れかけたことの方が彼を消耗させたらしい。

おれは吹きだすまいと努力した。しかし、無理だった。とうとうげらげらと笑いだし、朝陽にてかったやつの額をぺしぺしと叩いた。

「なあんて様《ざま》だ、パルスモ！　火の災いと水の災いを同時にうけるなんて！」

するとパルスモは目蓋《まぶた》をぴくつかせ、軽く咳こんだ。

「だが良かったな！　葡萄酒臭さはすっかり洗いおとされたようだぜ」

「……おまえは、誰だ……。こんな辺鄙な島で……おれを知っているやつに会おうとは……」

そうささやいてから、そっと目をあけた。おれはのぞきこんでにんまりと笑った。

「よく見ろよ。忘れたとは言わせないぜ」

薄い茶色の目がおれをぼんやりとながめ、おれの目と合った。だが、理解の閃《ひらめ》きはなく、本当に忘れているのだとわかった。

「さんざん人を食いものにしてきたから、誰が誰だか、自分がどれくらい恨みを買っているのかもわからないんだろう。四年前。たった十日間だったが。おれがここに」

とやつの胸を指先でつついた。かたく、そして熱い感触があった。

「持っていたものを強奪しただろうが」

豆粒ほどの両目が見ひらかれた。しゃがれ声がつぶやく。

「エンス……リクエンシス、か……？」

「はっ、はあ！　やっと思いだしたか！」

彼は毛布から片手を出した。おれの腕に触れて謝辞をのべるためではない。昨夜、おれに殴られた頬の骨に触れるためだった。

「くそっ！　二発も殴りやがって！　しかも不意うちだ、卑怯者」

「悪かったなあ、あんまり頭にきてたんでな」

はだけた毛布をさらにはいで、おれはやつの懐に手をつっこんだ。

「おい……何をする……」

「これは返してもらうぜ」

黒っぽい布袋をわしづかみにして思いっきりひっぱった。袋を吊っていた紐が、彼の首にみみずばれをつくってほどけた。やつの手がおれの手首をつかまえる前にとびのいた。

「おまえの顔を見るまでは忘れていたけどな。思いだしたんだから、返してもらうとする」

「エンス……！　このっ……！」

パルスモはじたばたと起きあがろうとした。薬師がその肩をおさえてなだめる。人垣が割れて、ありあわせのもので作った担架が運ばれてきた。両腕をふりまわし、罵詈雑言《ばりぞうごん》を吐きちらすパルスモは、手荒く担架に乗せられる。人々のやつに対する同情は、会話をきいてすっかり目減りしたようだった。

おれは手のひらに袋を転がしながら、せめてもの餞別《せんべつ》に教えてやることにした。

「おぉう、そうだ、パルスモ。なんでおまえさんがまっ先にファイフラウに襲われたかわかっているか?」

やつの罵声がやんだ。担架が持ちあげられる。人々もそこで動きを止めて聞き耳をたてた。

「……なんでだ……?」

「なんでかというとな、おまえさんがやつを呼びおこしちまったせいだよ」

ぎょっとしたのは彼ばかりではない。担架を持つ男たちの足がよろけ、他の人々もはっと息を呑んだ。おれはにやりとして付け加えた。

「ああ、正確に言えば、おまえさんが持っていたこいつのせいだ。こいつが、あの炎の化け物を惹きつけたんだ。だからおれが持っていく。安心しろ、あと心配すんのはブロンハってやつだけだな」

呻《うめ》きとも唸りともつかない声をあげたパルスモを、気をとりなおした人々が運んでいこうとした。そこへコヨールがとことこと近づいていき、やつの手に鼻面を近づけたあと、くるりと尻を翻《ひるがえ》しておれの隣にやってきた。尻尾をさかんにふって、おれを期待に満ちた目で見あげる。

再び罵声があがり、すぐに悲鳴に変わったのは、担架を持つ二人がぞんざいに歩きだしたからだろう。おれは海の方に顔をむけて声をあげて笑った。朝陽がまぶしい。波頭の一つ一つが藍銅鉱《らんどうこう》のように輝いている。

人垣の外でじっと様子をうかがっていたオルスルが、再び横に立った。

「……そういうわけだったのか」

と彼はゆっくりとうなずき、しばらく共に海をながめていた。やがて風が出てきて、朝陽も雲に隠れ、海はたちまち灰色にかげる。

「一つ聞きたいのだが、リクエンシス」

「エンスでいいぜ、オルスル」

「その袋の中には一体何が入っているんだ？　ファイフラウを呼びおこすほどの危いものとはなんだ？」

おれは胸をそらして大きく海の風を吸いこんだ。むこうの桟橋から船出の準備の忙しそうな物音が伝わってくる。

「それほど執着はしていなかったんだけどなぁ」

とおれはぼやきつつ、袋をさかさまにした。

「ま、再会しちまったんだから、これはおれのもの」

手のひらにのった真紅の珠は、中心部から光っている。オルスルは目をみはった。

「これは……なんだ？　宝石か？」

「宝石じゃない。ま、水晶の一種だ」

もとは神が峰の礼拝堂からちょろまかしてきたものだったが、またおれのそばに来てうれしそうに輝いているのを目にすると、とりかえしたのは正しかったと思った。おれは軽く空中に放り投げた。珠はくるくると回りながらあたりに熱をふりまき、おれの手のひらに戻ってきた。

「いかにも、ファイフラウをひきよせそうな代物だな」

オルスルが涎《よだれ》を垂らさんばかりの顔つきで言った。おれはにっこりとした。

「おうよ。なんせ名前も似ているし」

「……石に、名があると……!?」

「ふん、御大層な名だ。〈炎の玉髄〉という」

3

ファイフラウを惹きつける〈炎の玉髄〉を持ったままでは、またこの〈二の町〉に被害が及ぶ。そこで町を出た。内陸部に入りこめば、草木も生えていない荒れ地が広がっているという。冬の野営は自殺するようなものだが、なんとか方法を考えればいい。ともかく町を離れようと急いだ。コヨールがついてきてくれるのはありがたい。火の化け物に怖じけることのない犬は心強い相棒になりそうだった。

一人と一匹、と言いたいところだったが、どういうわけかオルスルもくっついてきた。フォアサインの魔道師は意外にも健脚で、息を切らすこともなく岩山を登り、涸れ谷を踏破した。フォときどきふりかえって、彼が遅れていないかどうかを確かめながら、ふと気がついた。

――もしかして、いつのまにか、ファイフラウを退治することになっている？

運命神《リトン》の意地の悪い嘲笑《ちょうしょう》が頭の隅で聞こえたような気がする。ありゃりゃりゃ。

だが、踏みだしたものは仕方ない。後戻りは昔から嫌いだ。

〈炎の玉髄〉のおかげで、寒風吹きすさぶ涸れ場や低い尾根の頂上でも、それほど寒くはなかった。なぜか気分も上っ調子になっていて、化け物を退治するのも、この冬の道行きも野営も、すべてうまくいくような錯覚におちいっていた。錯覚にすぎない、とわかっていたが、明朗快活な心もちというのは万能感をつれてくる。

ところが、町はずれの集落から一刻もいかないうちに、涸れ谷だと思っていた行く手にまた別の町が広がっているのがわかった。これでは、ファイフラウをおびきよせることができない。おれたちは顔を見合わせ、無言で谷から西方向に扇状に広がる平地へとおりていくしかなかった。

海べりの〈二の町〉の三倍ほど大きい町が大地にへばりついていた。すべての家が、地面からすぐに三角屋根を生やしている。半枯れになった茶色の芝が屋根と大地をおおい、四角くあいた窓がなければ気づかずに踏んで歩きそうだった。

空は曇って、まだ真昼だというのにあたりには夕暮れの気配が漂っていた。二人と一匹は黙々と歩を進めたが、町に近づくにつれて、一軒一軒の間隔が大きくとられていることに気がついた。そしてまた、遠目で見たほどにはさびれきっていないことにも。

たくさんの人々が通りを行き交っていた。ココッコ草や塩の袋を荷車に積んで、〈二の町〉に通じる街道へ出ていく者、〈二の町〉から魚や流木を運んでくる者。皆、白い息を吐いている。馬や驢馬《ろば》の背からは湯気がたちのぼっている。

おれたちは彼らにぶつからないように気遣いながら、町の中へと入っていった。かすかに硫《い》黄《おう》の臭いがする。あたりを見まわしたが、低い岩山がぐるりを囲んでいるだけで、火山らしいものは見あたらなかった。

高いものといえば、四角い灰色の建物と——おそらく庁舎だ——白い大理石の柱で破風をもちあげている小ぶりの神殿くらいなものだ。美の女神《イルモネス》と冥府の女神《イルモア》の双子神を祀っているらしい。ざわめきは湯気と一緒に絶え間なく、絶海の孤島にしては繁栄しているといってもいいのだろう。〈夜の町〉と比べたら、墓場のようなものかもしれないが。

おれはしばらく町中の空気を肌で楽しんでから、やおら双子神殿の石段を駆けのぼった。中ほどにいた巫女《みこ》さんが、「犬は中に入れません」と手で制した。金の髪と白い肌の美人で、薄桃色の貫頭衣《トウニカ》に薄桃色の長布《トウニク》を巻きつけている。だがそれは絹やリネンではなく、分厚い羊毛の織物だった。さもありなん。それでも、古き良きコンスル帝国の最後の薔薇《ばら》が咲いているようで、思わずにっこりした。巫女さんは頬を染めた。

おれはそこでくるりと踵をかえし、町中をながめわたしてから大音声をあげた。おれたち二人は本土から来た魔道師だ、ファイフラウという化け物に今朝方友人が襲われて、敵《かたき》を討ちたいと思っている。誰か、ファイフラウについて詳しく知っている者はいないか。やつの好物、弱点、出没しそうな場所、なんでもいい、話してくれた者には報酬を払う。

関心もなさそうに荷駄をひいていく者が多かったが、どこからか男女が二人、三人と石段をのぼってきた。報酬についてのかけひきのあと、

「ファイフラウは昼は出ねえ。あいつは自分が一番怖ろしげに目だつ時刻を知ってるんだ。ち

ょうどみんなが晩飯食ってゆっくりしたときとか、一杯ひっかけていい気分になった頃合いが危ねぇんだ」

と指を立てて赤鼻の男が言った。腐った柿のような臭いをぷんぷんさせている。酒浸りの日々を送っているのだろうが、目つきはしっかりしていた。銅貨を一枚握らせると、彼をおしのけるようにして前髪だけ白い女が腕をふりまわした。

「あいつの嫌いなもんはナナカマドの枝って決まってるさ！　あいつの言うことをきかないたった一つの木だもの！」

するとと酒浸りの男も負けてはいない。

「ファイフラウは誰も見ていないところで人を襲ったりはしねぇんだ！　あいつは自分が力をもってることを、みんなに見せたいのさ！　だから夜中はめったに出ねぇ」

おい、おれにもしゃべらせろ、と他に比べると肌の白い男がかきわける。井戸掘り人だ、と自分で自分を指さして、

「井戸を掘っているとな、地面の奥底で唸っているあいつの声を聞くことがある。炎をかきまわしている地響きも感じる。あれはブロンハから逃げまわっているんだ」

それを聞いた周囲が、まるで網にかかって、尾鰭《おひれ》をびろびろいわせているニシンの群れのように騒々しくなった。いつのまにか人垣ができるほどに集まってきていたのだ。口々に言いたてる中から聞きとったのは、ブロンハとファイフラウは同じ地底から生まれたが、互いに相容

れない存在であること――臆測にすぎない――ファイフラウはこの島の地面の下すぐにたぎっている熔岩に惹きつけられてよそへは行かないこと、ナナカマドと同じくらいにブロンハを嫌い、ブロンハはファイフラウを追いまわしていること――これも根拠のない臆測――そのブロンハは青ブナの実が好物――これは本当らしい。青ブナの実を商う者は島でただ一人、木の少ないここでは貴重品でもあるゆえ、石の容れ物に入れて石造りの倉庫にしまってあるという。買った者は日のあるうちに食する。精をつけたい旦那や病人がもっと高額なココツコ草の代用品として利用しているとか――。

さしだされた手に次々に銅貨を握らせていると、

「卒爾《そつじ》ながら」

としゃがれてはいるが、凜とした声が響いた。動きを止めた群衆のあいだを、背の高い老人がのぼってきた。眉と鼻頭が離れているので、一見のっぺりした顔だち。ナマズを思いおこさせたが、眉間の深い三本の皺《しわ》が額の生え際にまで刻まれていて、無関心や無感覚といった想像を払拭《ふっしょく》している。

「ファイフラウを退治てくださる魔道師殿とは、あなたですか」

とオルスルの方をむいて質した。オルスルは一呼吸どぎまぎしたあとで胸をはった。

「いかにも」

おいおい。おれも魔道師なのだが、身体つきのためになかなかそうは思ってくれない人も多い。またか、と思ったが黙っていることにした。しゃしゃり出る幕でもないだろう。オルスルの方がはるかに年上でもあることだし。

「わたしは口入れ屋のモルススと申す。ファイフラウ退治にあたって、助言がおいりようだとか」

「そうだ。なんでも言ってくれ」

オルスルの胸がさらに突きでる。やせているので、腹は出ない。

「ファイフラウは紅いものが好みです。真紅色のような鮮やかなものが。この町でその色を使う者がいないのはそのためです」

なるほど。

「それから不思議に水辺によく出没します。昨夜、襲われたのも〈二の町〉の海岸であったとか。このあたりでは、東南に小さな湿地帯があります。ココッコ草が群生しておりますが、土地の者は近よりません。そこは火口にも近いので、おびきよせるのであれば絶好の場所となりましょう」

「よくわかった」

とオルスルはしかつめらしくうなずいた。それから顎をしゃくっておれに指示した。

「エンス、お代を」

おやおや。どうやら主客転倒したらしい。簡単だな。ココールが何かを感じとったように、オルスルに威嚇《いかく》の唸りを発した。おれは犬をなだめ、おとなしく銅貨をわたそうとした。するとモルススはゆっくりと首をふった。

「ファイフラウを退治てくださるのであれば、それで十分です。だが、じゅうじゅう気をつけられよ。ナナカマドの枝を身につけていかれることですぞ」

背筋をぴんとのばしてオルスルを見つめ、その視線をおれに流してかすかにうなずき、よろしくお願い申しあげる、と丁寧にあいさつしたあと、ゆっくりと石段をおりていった。

その後ろ姿を見送りながら、人々は嘆息混じりにしみじみと言った。

「モルススさんもなぁ」

「運のない人だよなぁ」

「かわいそうにねぇ」

どんな人なのだ、と小声で若い売り子に尋ねると、同じように小声で教えてくれた。

「船乗りになった息子さんを海で亡くしてね、それから二年前にお孫さんをファイフラウに殺された。奥さんは病気になって、嫁さんは家を出ていっちまった。災難つづきというか、なんというか。お金もちだけどねぇ。いくらお金があってもねぇ」

あの、深い縦皺はその苦難のせいか。気の毒に。おれはしばらく、まっすぐな背中を見送っていた。

4

渋るオルスルの尻を叩いて、今日のうちに決着をつけるぞ、と、買い出しに走らせた。オルスルとしては、ゆっくり一晩すごして英気を養い、それから遺漏《いろう》なく準備をするつもりだったのだろう。だが、こちらは〈炎の玉髄〉を懐にしている。パルスモの二の舞はごめんだった。

オルスルが用意してきたものを、借りた二頭の驢馬に積んで、町の東南の湿地帯にむかった。行ってみて呆気にとられた。モルススは湿地帯、と言ったが、点在する水たまりにココツコ草や葦《あし》が赤茶けた冬枯れの景色をつくっているだけの狭い場所だった。

そのさらに東側の低い丘に登ってみると、裂けた地面と大きな穴が霜を寝床にして横たわっていた。硫黄の臭いが強くなる。

「ここはなんだ?」

首を傾げるオルスルに、おれは十馬身もむこうの穴の一つを指さした。

「あそこから煙があがっている。多分、火口ではないのか?」

モルススが火口の近く、と言ったのを思いだしたのだ。山の頂上でもない平坦な土地に、裂け目が走り、火口ができている。何とも不思議なことだった。答えを聞いたオルスルは、俄然やる気になったようだ。

「早いところ、やることをやってしまおう」

風は北西から吹いてくる。幸いにもわずかな噴煙は海の方に流れていく。ただ、風は雪雲も連れてきていた。〈一の町〉をへだてた低い山際に、灰黒色の泡めいた雲が集まりつつあった。陽光もさえぎられて、ただでさえ早い日没が大急ぎでやってきそうだ。

オルスルの提案に大賛成だ。おれたちは手早く驢馬から荷物をおろすと、裂け目からかなり離れており、水たまりに近い丘の一角に、祭壇のようなものをこしらえた。オルスルは作業のあいだ中、これをたった二人でこなすなんて、とぶつぶつ言った。町の荷運び人を二、三人雇えばよかったのに、と。

「おっさん、やわだしな」

とおれはそれに対して言いかえす。

「少しは身体を鍛えないとな」

すっかり暗くなる前になんとか準備ができた。ほとんど平らな丘の上に、同心円が三つ。一番外側は荷駄用の紐で作ってある。直径は三馬身ほどか。三つの円のうち、まん中のものには青ブナの実をまいた。結構な量が必要だった。驢馬が運んだ荷物はほとんどこれだと言ってもいい。

それから一番内側はオルスルの呪文をかけたナナカマドの枝で作ってある。おれはナナカマドの内側に入って、驢馬の背につけてあった毛布を四つに畳み、その上に胡座《あぐら》をかいた。胡座の前には、懐からとりだした〈炎の玉髄〉をおく。うまくいけばいいが。うまくいかなかったら、おれは焼け死ぬ。

〈炎の玉髄〉の真紅の光が闇に放射されるのを見つめていると、自信が不安を追いだして、絶対大丈夫だという根拠のない確信が生まれてきた。これは石の魔力か？

すっかり暗くなり、寒さもつのってくる。オルスルは二頭の驢馬と一緒に丘の下の濡れない場所で待っているはずだ。コヨールはずっとそばについている。一度追い払おうとしたのだが、おれと危険を共にしたいという切なる願いを身体中であらわしたので、許してしまった。だが、今は、彼女のぬくもりもありがたい。

しんしんと冷えてきた。おそらく町のむこう側には、雪がふりはじめていることだろう。玉髄の真紅の光が明るすぎて、闇を見すかすことができない。

震えながら待った。しまったな、食料を持ってくればよかった。あるいは葡萄酒の入った革袋とか。立ちあがって足踏みをし、ナナカマドの結界の内側をぐるぐると歩きまわる。背のびをしてうかがえば、町の灯りが星屑さながらだった。また座り、膝をゆらし、首をちぢこめる。コヨールはときおり唸り、ときおり伏せ、ときおり耳を動かす。待つことにかけては彼女の方が上手だ。

さらに一刻半余り。夜は更けていく。町の灯《ひ》も一つまた一つと数を減らしていく。

おい、ここだぞ。化け物め。早く出てこい。〈炎の玉髄〉はおまえを待っている。さっさとけりをつけようぜ。

　残り少ない町の灯がかすみはじめた。雪がふりだしたのだ。

　どうやら今夜は無駄足だったらしい、とあきらめかけたそのとき、尻の下に弱い震えを感じた。コヨールがぱっと起きあがって、せわしなく輪の中を動きはじめた。おれは立ちあがって、犬をつかまえ、ナナカマドの輪の外に行かないようにと言いきかせた。

「いいか？　ここにいる限り、火の化け物には手だしができない……はずだ。ここにいろ」

揺れは少しずつ大きくなってくる。地下を大きく長い何かが走っていくような感触があった。どこからか突風のたてるようなごうっという音がとどろいた。と思ったとたん、大地の裂け目に稲妻《いなずま》が走り、最も奥の方で真紅の光がまたたいた。一瞬、赤い火口がはっきりと輪郭《りんかく》をあらわし、次いで火を噴きだした。そちらに気をとられた刹那《せつな》に、背後に熱さと燃えさかる音を感じた。

ふりむけば、ファイフラウが大地から身を起こすところだった。シャクトリムシのように両端を地面につけていたが、すぐに片方が上向いて、人間が立つように立った。いや、あれは〈燃える木〉だから木のように「生えた」つもりか？

〈炎の玉髄〉をうかがうように身をかがめたが、ナナカマドの輪とコヨールのけたたましい威嚇の吠え声にほんの少しひるんだようだった。

おれは大きく腕を払ってそそのかした。

「どうした！　ほら、取れよ！　炎を内に秘めた石だ！　これを得ればきさまはますます熱くなる！　来いよ！」

金属同士がきしむような叫びをあげて、やつは飛びあがった。だが、ナナカマドの結界は円錐状に〈火の玉髄〉の真上で閉じていて、やつの体当たりをはねかえす。さすがはオルスルの技だ、と感心した。やっぱりエズキウムの魔道師は、そんじょそこらの連中とは格が違う。しかしファイフラウは化け物特有のしつこさで、何度も体当たりする。あきらめる、ということがない。やつが見えない幕にぶつかるたびに、大地がとどろき、火の粉が火山同様に舞い散った。おれはやつを煽《あお》りながらも、いつまでもつだろうかと心配になってきた。

コヨールはがうがう吠えつづけているが、もう効果が薄くなったようだ。それでも、コヨールがいない方角から突進してくるところを見ると、犬は苦手であるらしい。十数度、やつは体当たりをくりかえした。結界が弱まってくる。見えない薄板に罅《ひび》が入って、そこから隙間風ならぬ火の熱さが吹きこんでくる、そんな感覚だ。おれはいつでもナナカマドを放り投げられるよう身構えながら、あてにしていた「援軍」はだめだったかと、ちょっとがっかりしていた。ちょっとだぞ。

火の腕が罅割れの一つをおしあけるようにして、侵入してきた。木の燃えさしがつっこまれたかのように。おれはナナカマドの枝を一本、そいつに投げつけた。たじろぎはするが、すぐにまた入ってくる。コヨールの唸りが激しくなった。今や彼女はとびかかっては着地し、嚙みつこうと空中で顎を合わせてはもんどりうって落ち、をくりかえしている。火の粉がおれの髪や肩にふり注ぐ。

結界を壊さないように注意して投げていたが、そろそろそれも限界だった。あと数本取ったら結界の輪は壊れる。おれは汗でかすむ目を片腕で払いながら、片腕でその最後の数本を拾いあげようとした。

そのとき。

再び地鳴りが走った。今度はさっきと逆に、火口から裂け目、裂け目からおれたちのいる平らな場所へと、まるで地中を大きなモグラがとてつもない速さで進んでいるかのように。

次におきたことはまったく予想外のことだった。青ブナの実につられてブロンハがやってきて、ファイフラウをからめとり、見事に地の底にお帰りあそばす予定だった。ところが、ブロンハのしたことは何とも乱暴な——そう、暴挙といっていいぞ——反則技だった。あいつは強欲なことに、大穴をこしらえて一番外側の紐の結界まで一緒に、地底にひきずりこんだのだ。

突然足元がなくなった。おれとコヨールとファイフラウ、〈炎の玉髄〉とナナカマドの枝、青ブナの実、それに長くつづった紐が一緒くたになって落下していく。はじめのうちは、身体はまっすぐだった。しかし数呼吸するとひっくりかえり、また数呼吸すると仰向けになった。その間、青ブナを喰らう鳥の嘴《くちばし》様のものが見えた。ぱっくりとあいたそれは、縦横に自在に歪んで形を変える巨大なアリジゴクの巣にも似ていた。そいつが好物にありつこうとしているあいだに、おれは近くを落ちていくコヨールと玉髄に手をのばした。同時にファイフラウも炎の枝をのばした。おれの手はコヨールの首根っこをむずとつかんだ。そのあいだに、真紅の水晶が化け物から逃れるかのように、くるりと一回転した。

そのとき、おれの結んだ紐が落ちてきて、ファイフラウの背中——やつに背中があればだが——に触れた。紐はたちまち燃えてわずかな燃え滓《かす》と化した。しかしその燃え滓こそ、おれが紐にかけた魔法、やつの背中にぴたりとくっつき、やつの動きを止めた。ほんの一瞬だったが、それだけで十分。おれは大地の底から吹いてくる風に身体を半回転させ、〈炎の玉髄〉をあいている方の手のひらでうけとめた。

ファイフラウが悔しげな金切り声をあげた。すると目の前にブロンハの嘴があがってきて、やつに襲いかかった。同時に、ブロンハの伸び縮みする翼か何かがおれの腰に当たった。〈炎の玉髄〉がひときわ燃えあがり——この、熱風吹きすさび、はるか下方には熔岩が煮えたぎり、燃えさかる化け物のすぐそばにいるにもかかわらず、その熱はさらに熱かった——、ブロンハはファイフラウの一枝に噛みつきながら、おれを鉤爪のついた鳥の脚で、思いっきり蹴飛ばした。

ブロンハの思考といおうか、感じているものといった方がいいのか、おれを嫌っているのが伝わってきた。正確に言えば〈炎の玉髄〉を持ったおれを、そして体格のいい男のおれを、だ。オマエハイラヌ、あるいはコッチクルナ、アッチイケ、のような嫌悪感が身体を紫電のように走り、おれは上にむかって吹っ飛ばされた。

　耳元を風がびゅうびゅういいながら走っていく。顔の肉がちぎれそうな中で無理矢理片目をあけると、ブロンハのあけた大穴が足元はるかに見えた。底の方からファイフラウの炎の枝が、苦しそうにのたくってあがってくるのが、針先ほどに小さく認められる。黒い翼がからみつき、引きずりおろそうとしていた。

　おれは空中で一瞬停止し、今度は落下しはじめた。さすがに絶叫し、手足をじたばたと動かしたが、なんの甲斐《かい》もなかった。このまままた穴に吸いこまれるか、はたまた地面に激突するか。

　と、オルスルの姿が目に入った。いつのまにか斜面を登ってきていたらしい彼は、おれを見あげると、懐から何か小さいものをわたわたしながらとりだした。呪文を唱えて唇がせわしなく動く。彼が持っているものから、光るものが稲妻のように走った。ああ、あれは鏡だ。反撥の魔法か。と思った直後、それはおれの腰に当たった。シャベルでひっぱたかれたような衝撃に、おれの身体は一回転した。それがあと二、三度。そのたびにおれは回転し、回転しつつ速度が落ちた。

　地面には頭からつっこみ、頬と手のひらをしたたかにすりむいた。しばらくじっとして、震動と熱が伝わってくるのを感じていた。

　脇腹のところでコヨールがくんくんと鳴き、鼻面をおしつけてきた。

ごろりと仰向けになると、大きな雪片が舞いおちてきた。そうか、いよいよ雪か。これから長い長い冬の季節だ。腹の上で〈炎の玉髄〉が楽しげにまたたいた。さっきまでさらされていた炎で身体中が熱かったにもかかわらず、玉髄の熱は心地良かった。そして落ちてくる雪の冷たさも。

背中の下ではいまだ化け物同士の戦いがつづいているらしい。しかし、十呼吸もすると地響きと轟音《ごうおん》も少し遠のき、半刻もするとかすかなとどろきと化していった。

おれは雪まみれの身体をようやく起こした。オルスルがおそるおそる近づいてくる。コヨールも起きあがって、ぶるるっと身を震わせ、雪と水をはねかした。いい塩梅に冷えてきて、くしゃみを一つする。

「だ……大丈夫か?」

オルスルが聞く。

「おう。助かったよ。あんたがいなけりゃ、おれも喰われていたな」

いいや。オマエハイラヌ、と言われて、もう一度蹴飛ばされたかな。

おれはくすくす笑いながら立ちあがって、ブロンハの穴を見おろした。隣に来たコヨールが、またがうがう吠えはじめた。底の底、はるかな下方に針の先ほどの赤い火がまたたいたと思うや、すぐに暗黒になった。

どうやら決着はついたらしい。ココツコ島に出没する化け物は、一匹だけになったかもしれない。あるいはもう二度と出てこないかも。あるいは二匹とも健在で、いつかまたあらわれるかもしれない。まあ、しかし、とりあえず、しばらくのあいだは、人に害をなすようなことはないだろう。

大きく息を吐き、おれも斜面をおりはじめた。コヨール、もういい、そのへんにしとけ、と怒鳴りながら。

5

長い長い冬のあいだ、おれとオルスルとコヨールは、口入れ屋のモルススの館に滞在した。土台は頑丈な石造り、その上にのる竜骨を彷彿《ほうふつ》とさせる屋根、半地下ではあるものの、窓枠は彫刻が施《ほどこ》されて華やかで、高価な硝子《ガラス》がはめこまれていた。家の中は石床に敷藁《しきわら》と絨毯《じゅうたん》、乾燥させた香草がまきちらされ、召使いや仕事を斡旋《あっせん》してもらおうとやってくる人々が始終出入りしていた。

家族のないモルススにとって、魔道師二人はいい話し相手になった。彼は何度も何度もファイフラウの最期をせがみ、いささか閉口したオルスルにかわって――彼ははじめのうち、さも自分がすべてを手がけたかのように大袈裟に語っていたのだが、日に二度はその話をしなければならないことになると、だんだん口が重くなっていった――おれが、辛抱強く語りをくりかえした。

雪が周囲を包みこむようになると、家の中は格段に暖かくなった。モルススは仕事のない雇われ労働者や井戸掘り人なども一緒に住まわせていた。荒くれ男たちも彼を尊敬し、行儀良く暮らすのだった。やがて雪がかたくしまってくると、そうした男たちは組をつくって山へ出かけた。低い山々を歩きまわって、ウサギ罠をしかけたり、狼を仕留めたり、ニニシカという小型の野牛を追ったりした。彼等は経験豊かな狩人でもあった。

また、別の一団は、〈二の町〉まで出ていって、冬場のアザラシ猟に加わった。彼らは数日留守をしたあと、新鮮なアザラシの肉を荷橇《そり》に山ほどつんで戻ってくるのだった。

おれはその両方に参加した。得がたい貴重な経験だった。おれより年のいったオルスルは「やったことがないからできない」と妙な理由をつけて固辞した。そりゃそうだ、やったことがなければできねぇよな、と皮肉を浴びせかけたが、カエルのツラに何とやらだった。

冬も冬、最高潮に達すると、雪はほとんどふらなくなり、打てばこだまがかえってきそうなほどに、底ぬけの水色の空が広がった。ほんの二刻あまりの昼。それでも太陽は二月《ふたつき》前より長く地上にとどまっていた。夜は厳しい寒さに島全体が絞りあげられているようだった。麦酒と香草入りの葡萄酒がふるまわれた。ほんのわずか、一つまみにも満たないほどのココツコ草を入れたスープは身体をあたためたが、モルススの館が他のところよりも暖かかったのは、〈炎の玉髄〉とおれが薪にかけた魔法のせいでもあった。

ファイフラウを一瞬だけ縛りつけた魔法を改良して、結び目を複雑にした紐に、呪文をささやきかけてから燃える薪に放りこむ。紐はあっというまに灰になるが、その灰が火もちを良くする。暖かく、長く燃え、貴重な薪の節約になるというわけだ。

金持ちのモルススの家だから薪があるが、他の家では薪などめったに使えない。彼らは柴や枯れた草、流木やら羊の糞やらを使う。燃えるものはなんでも。それから火口へ行って、かたまった熔岩を持ってくる者もいる。熔岩売りは、真鍮《しんちゅう》のバケツに塊を入れて売り歩く。貧しい者たちはそれを炉に入れて寒さをしのぐのだ。

おれは退屈しのぎに、呪文をかけた紐を同居人たちに渡した。彼等はそれらを雀《すずめ》の涙ほどの値段で売り、酒代の足しにした。買った者たちは、三日も燃えつづける炉であたたまった。

オルスルは毎日温泉に行った。町のあちこちに共同浴場があったのだ。他の町に比べればずっと小さい温泉で、いつも混雑していたが、オルスルは気に入ったようだった。痛む節々が良くなってきているらしい。おれもたまに垢《あか》すりに行くことはあったが、あまりに人がひしめきあう状態で、敬遠しがちだった。

冬の王が大きく長外套《セオル》を広げて怖ろしげな歌を歌うと、それは渦を巻く強風となって海を荒らし、島は吹きとばされそうになった。吹雪はしかし、前ほどの積雪とはならず、雪片にも湿気が多く含まれるようになり、地上でわずかにとけては夜間に凍りつくのをくりかえした。

そうしたある日、男たちは大挙して北の湖へ出かけていった。町中の男たちが行くというので、興味半分についていくと、ネド湖という湖が、周囲を針葉樹林に囲まれて白い雪面を見せていた（切ることの許されていない針葉樹林の森は、狼や鹿たちの住み処となっているということだった）。〈二の町〉からも、その東の〈三の村〉、島の西にある〈四の村〉からも男たちが出張ってきていた。彼らは打ちあわせをすませると、大きなのこぎりで湖の中央付近から氷を切りだしはじめた。手際よく四角いかたまりにすると、鉤つき棒で橇にひきあげる。橇に山ができると、荷運び人たちの力強い腕が引いていく。それぞれの町村にどれだけ、という割あてがあるのだそうだ。冬中の飲み水として、また氷室に入れておき、夏場の井戸涸れに備えるのだという。

おれも橇を押すのに加わった。湖のへりから地面に移る斜面をのぼるのが一苦労なので、おれの力も役にたったろう。

手助けをすると、リトン神からご褒美《ほうび》があった。男たちが荷を運ぶときに歌う歌に、ファイフラウとブロンハの謎をとく鍵が歌われていたのだ。

ほいら引け　そいら引け　風にむかってほいら引け
嵐も吹雪もなんのその　火を噴く大地の力もち
ほいら引け　そいら引け　風にむかってほいら引け
荷は何だ　荷は何だ　運んでいるのは花か種か
荷は地下の鳥　おっきな鳥
牡牛みたいな恰好で　牡牛の七倍でかいやつ
こいつを海まで運んでな
船にのせたら漕ぎだして

はるかな沖まで行ったらな
船ごと沈めてしまうのさ
ほいら引け　そいら引け　凮にむかってほいら引け
荷は何だ　荷は何だ　ひっぱっているのは蝶か雀か
荷は燃えているけど　燃えない木
黒ブナみたいに頑丈で　黒ブナよりもでかいやつ
こいつを海まで運んでな
船にのせたらさっきの鳥が
沈んだとこからあらわれて
ぱっくり嚙みつき引きずりおろす
ほいら引け　そいら引け　凮にむかってほいら引け
黒い鳥は赤い木を喰い
やっと一つとなったとさ
昔々に別れた自分
やっと一つとなったとさ
ほいら引け　そいら引け　凮にむかってほいら引け

町へ戻ってからも、その歌が頭の中をぐるぐると回っていた。同時にブロンハとファイフラウの関係をずっと考えていた。

湖の氷が産みの苦しみにも似た悲鳴をあげながらとけはじめ、川音も戻ってくるようになると、俄然町は活気づいた。相変わらず寒く、吹雪の日もあったが、青ブナや黒ブナの枝先には冠のように赤い芽が生えそろって、根元の雪には「春の寝床」と呼ばれる円い穴があき、風にもかすかな土の匂いや目覚めた木々の匂いが漂いはじめた。

どんどん日足が長くなりはじめると、つもってとけて凍るをくりかえしていた雪も少なくなっていった。町のいたるところでちょろちょろと水の流れる音がしていた。それらはやがて谷へ注ぎこみ、翡翠《ひすい》色の流れとなって海の方へと下っていく。

そうした日々のあいだじゅう、おれの頭の中はあの歌に占領され、何を見てもブロンハとファイフラウに結びついた。

わずかな平原に草が萌えでたかと思うや、キスゲやレンゲなどの花々が一斉に咲いた。昨日まで荒れ地だった場所が、赤、薄桃、黄色、白、茶に彩られ、まだ頼りなげな陽光に顔をむけているのだった。おれはそれを〈一の町〉のはずれの高台からながめていた。町の反対側からモルススの館へと走ってくる少年が、叫んでいるのが聞こえた。

「船が来たよ！　今年最初の船が来たよ！　港につく頃だよ！」

軒下や井戸の周りで無駄話に興じていた男たちが、にわかに動きだした。塩や冬のあいだとりためた毛皮や硫黄のかたまりを、ひっぱりだしてきた荷車にさっそく積みこみはじめる。ココッコ草の季節はまだ先だが、梁に吊るして乾燥させ、砕いて袋に入れたものは売ることができる。

ぼんやりとながめながら、ココールの背をなでた。花の匂いを風が運んできた。

気づきというものは、突然おのれの中から、場合によっては上の方からやってくるものらしい。荒れ地に根をおろして、春に咲き乱れる花と、毒にも薬にもなるココッコ草の性質と、大地の底で生まれた二つの化け物の由来が、このとき突然一つにつながって輪になった。その輪はぐるぐる回転したかと思うや、あっというまに細かくちぎれとび、身体の中にめぐる血液にとけこんでいった。

おれは目をしばたたいた。あたりまえに見えていた花畑が、大地の理《ことわり》の中ではあたりまえなのだが、緻密な約束のもとになりたってはじめて花を咲かせていることがわかった。荒れ地から、人の手では決して創りえない彩りを帯びて生まれてくるもの。ココッコ草もそうだ。毒にもなり、人を破滅におとしかねないものでありながら、人を助けるものにもなりうる。そしてブロンハとファイフラウ。もとは同じだったと歌は言う。大地の底でとけあっていた闇と炎。それが何かのきっかけで分離し、互いに不完全なものとなり、そのあげくに化け物となったのだろうと考えられる。ブロンハがファイフラウを追いかけまわしたのは、多分、もとの形——大地の底の熱い世界のことはよくわからないから、どんなものか想像もつかないが——に戻ろうとする、これも大地の掟に従った現象だったのではなかろうか。

おれは大きく息を吸い、大きく息を吐いた。

血の中にとけていった洞察は、血管を少しばかり広げたらしい。おれの中にも荒れ地があり、毒があり、闇と炎がある、ということをなんとなく許せるような気がした。荒れ地にも花は咲く。毒は薬に変化するかもしれない。闇と炎は——闇と炎だ。ま、もう少しましな男になれれば、闇と炎も仲良く手をたずさえて、おれの核の部分に沈んでいくかもしれない。それで良しとするべきなのだろう。

コヨールの頭を軽く叩いた。

「本土に帰るか、コヨール」

犬は尻尾をふって同意した。おれは立ちあがってもう一度花畑に目をやり、その景色を記憶におさめた。踵をかえして歩きだしながら、犬に話しかける。

「おまえのもとの主人、パルスモ、あいつは〈二の町〉においていこうな。あんなもの、本土に戻したら迷惑千万だからな。——ああ、もうやつを殴ったりはしないから、心配するな。大丈夫だ。……それからオルスル、あいつはエズキウムになんとしてでも帰りたいんだと。今頃はもう、船に乗っているかもな。来たばっかりだっていうのに。あいつ、化け物退治を全部自分一人でやったって、みんなに自慢しているぞ。まったく。そんなにいい恰好したいものかな。まあ、いいさ。言わせとけ。真実は一つ。おれはそれを知っている。それでいいんだ」

前だったら、そのことにこだわっていたかもしれない。だが、今は、名誉が大事としがみつくオルスルと同じではなくなったらしい。

「〈夜の町〉もそろそろ夜明けの頃だろう。ちょっと銀戦士どもをからかって、それからミドサイトラントにでも行ってみるか。新しい皇帝が誰になったか、顔をおがんでくるのもいいかもな」

高台からおりきる前に立ちどまって、両腕を広げ、胸をひらいた。

ああ、春だな。やっと春だ。

そう大声で言うと、懐で〈炎の玉髄〉が普段よりも暖かくなった。

形見

A Memento

帝国暦　一七〇三年　四月

真っ青な空が広がっていた。湖のあちこちで氷のきしむ音があがり、かすかな風は銀の花を思わせる匂いがした。昨夜ふった粉雪がざらめ雪におおいかぶさり、朝陽にあたためられるにつれてとけていく小さな音も聞こえる。

リクエンシスは岸辺に近い湖の上で、赤い新芽を冠のように戴いた青ブナの林や、いまだ骨じみた木肌をさらしているカバの森を遠目にながめ、さて朝飯のあとの腹ごなしに今日はどこまで歩こうかと思案していた。

一昨日から昨日の午前中にかけて吹雪があばれまわった。だが、春も近いこの季節、午後には一転して陽射しがふり注ぎ、雪と氷をとかした。晴れていたせいで夜には再びすべてが凍りつき、未明に静かな雪がふって今朝となったのだった。

そうはいってもこの時季だ、湖の上を歩くのも、用心しなければならなかった。

さて、どの道筋を歩こうか。このサンサンディア湖沼地帯ですごした年月も百数十年ともなれば、おのずと道筋が見えてくる。腰に手を当ててながめやっていると、背後で小さな物音がした。このあたり一帯には誰もいない。タカが頭上からながめわたす範囲に、人間は彼一人だ。そっとふりむくと、ハンノキの根元の小さな穴から、シマリスが出てきていた。冬眠からさめたばかりらしい。頬袋からとりだした青ブナの実を前足で器用に回転させながらかじっている。物音はその音だった。思わず頬がゆるむ。と、彼の視線を感じとったのだろう、シマリスは動きを止めた。見つめあうこと二呼吸。二呼吸ののちには、尻尾が翻《ひるがえ》り、あっというまに巣穴に逃げ戻っていってしまった。

対岸の青ブナの林の奥では、鹿の鳴き声が長々と響く。このあたりを統《す》べる鹿の頭領の声は、まるで春の到来を告げる喇叭《らっぱ》のようだった。

「なるほど、春だな」

彼は独りごちた。しばらくしゃべっていないのでかすれ声だ。人と話をしないでいたのはどのくらいだろう。心の中では始終自分と会話をしていたのだが。

歩きだすとみしみしいっていた氷も、すぐに分厚くなって、あたりはまた静寂に包まれた。彼は湖のまん中まで行って、そこからひきかえすことにした。湖上を歩けるのも、あと数日か。

照りかえしに目を細め、外套《セオル》をぬいで肩にかけ、用心のためにたずさえてきた長い棒を背負うようにして、風と雪と森と陽の香りを楽しんで進む。大股歩きから駆け足をし、またゆっくり歩きに戻る。うっすらと汗ばんできた頃に、湖の中央についた。行く手には小島がこんもりと赤茶色の猫のように丸まっている。島から出てきたいくつかの獣の足跡が、そこからおりかえして氷原の奥の方につづいている。狼一家の足跡だ。足跡にそって西側の森へと視線を移していくと、森のきわに、ごま粒ほどの影をいくつか認めた。雄狼と雌狼、それぞれ四頭ずつの一家がじゃれあっている。頭領は黒く大きい狼で、エンスはその曾々祖父さんが生きていた頃も知っている。つれあいの腹には、仔も入っている。もうじき家族が増えるだろう。

そこから回れ右をした。陽にあたためられた氷が、岸辺近くで鳥そっくりの叫びをあげる。棒を持ちなおして、目を足元にくばりながら戻った。あと数十馬身ほどで岸辺、というあたりで表面の雪がすっかりとけ、氷面があらわになっている部分に出くわした。用心深くそこを迂回する。手のひらほどの厚さしかない透明な氷の下で、朽ちた枝がゆっくりと流されていくのが見えた。そこでふと、一年前のことを思いだした。

ああ、そうだった。あれは一年前か。もう一年たってしまったか。

今日ほど晴れてはいなかったが、やはり春の兆しの満ちていた一年前の午後、彼は今と同じように表面の雪がとけたところを迂回しようとしていた。足元を確かめ確かめ、目を離さないようにして慎重に回りこもうとした、そのとき、氷面の下をとおりすぎていく若い男を目にしたのだった。流れは今日ほど速くなく、若い男の見ひらいた青い目と、こごった頬の白さがゆっくりと頭にしみこんできた。しみこんできたところでようやく驚いて、棒の先端で氷を割った。片足も踏みぬいて、あやうく自分も落ちそうになったが、かろうじてもちこたえ、すぐに腹ばいになり、流れていく若い男の足首をわしづかみにした。間に合った、と思ったとたん、二人の重みで穴の縁が大きく崩れた。上半身が引きずりこまれそうになる。彼はあわてて匍匐《ほふく》後退し、丈夫な場所に至るや半腰となり、渾身の力で一気に男をひっぱった。二人折り重なって、したたかに尻餅をついた直後、再び氷が崩れる嫌な音が響いた。息をつめ、身体を硬くして待つこと数呼吸、どうやらなんとか、崩落は二人の踵《かかと》のそばで止まってくれたようだった。

荒い息がしずまるまで、灰色の空を見あげていた。それから若者をひっくりかえし、罵言《ばげん》を吐いて、おのれの愚かさ加減を呪った。

確かめるまでもなく、若者は死んでいた。しかもその、やたら重たい紫の上着には、びっしりと銀糸の刺繍《ししゅう》が施《ほどこ》されていた。

銀戦士。

エンスを知っている銀戦士はとうの昔に墓の中だったが、狂信の輩《やから》であることに変わりはない。宿敵、しかも死人を、生命がけで助けてしまった。

きゃははは、とリコの嘲笑《ちょうしょう》が聞こえるようだった。

それからは邪険に死人を岸辺まで引きずっていき、館の横手の丘に葬った。凍土を掘るのはまったく難儀な仕事だった。もう二度とはしないぞ。

そういえば、去年の秋にオスゴス釣りにやってきた男と湖上で出会ったとき、二言三言ぶっきらぼうに言葉をかわしたが、〈神が峰神官戦士団〉が一年前に解散したとか言っていたな。帝国が帝国の体《てい》をなさなくなって久しく、噂が伝わってくるのにも時間がかかる。

ふうん。あれからまる一年たったか。ということは。まるまる一年、おれはほとんど館の周辺で誰にも会わずに暮らしていたということになる。いやはや、年をとると時は車輪の回転を速めるらしい。もう一年たったのか。

館につながる岸辺に戻って、墓までのぼった。堅雪は足の下でわずかにへこんだ。こんもりとふくらんだパンのような小山がいくつか待っていた。奥に行くにつれて小山は平らかになっており、ほとんど雪原と変わらなくなっていた。先祖の墓、両親の墓、そして彼と共に何年か暮らした人々の墓。一番手前の右端が、去年の銀戦士を葬った場所だった。目印に立てた流木はすでに斜めに傾いでいる。エンスは、ちょっとした突起に、男が身につけていた銀のペンダントをひっかけていた。

そっとそれをとりあげる。すっかり黒ずんで汚らしくなってしまっているそれは、三重の車輪を象《かたど》っている。中心から八方に放射状の針がのびている。百年ほど前に、サンサンディアの町で流行った意匠だ。おそらく曾祖父か高祖父の遺したものを、家族がお守りがわりにもたせたのだろう。これを身につけて銀戦士になった若者ならば、すぐに出自がわかるにちがいない。

男をひきあげた直後は、ずぶぬれのうえに凍土を掘りおこす難行までして、ひどく腹をたてていた。癪にさわって仕方がなかった。形見の品を家族に届けようなどとは、シマリスの涎《よだれ》一滴ほども思わなかった。なにせ、因縁深い銀戦士である。

だが、一年たった今は、腹立ちもおさまり、少しばかり気の毒だとも思った。若者本人への、というよりは、残された家族への同情心ではあるが。

家族に届けがてら、久方ぶりにサンサンディアの町を見に行こうか。

青空を見あげた。夕方、氷がしまってから出かけよう。とっとと歩けば居酒屋が閉店する前にもぐりこめるだろう。うまい葡萄《ぶどう》酒を飲んで、翌朝ペンダントを届けよう。買い物もしたいが、店はあいているだろうか。去年は銅貨の価値がひどく下がっていた。もしかしたら、金は用をなさなくなっているかもしれん。物々交換用の冷凍オスゴスを何匹か橇《そり》にのせていくか。

館裏の林で、ゴジュウカラの群れが騒いでいる。雪の上に落ちる木々の影は、くっきりと青灰色の網目を刻んでいる。水の音が戻ってくるのももうじきだ。

水分け

Watershed

1

グラーコが危篤《きとく》だった。

相棒にして記録係のリコが。

八十をすぎてなおかくしゃく、わがまま放題の爺《じじ》いのくせに。

死にかけている。

エンスは、町におおいかぶさるように聳《そび》えている尾根の頂上で、〈キンキ疾風《はやて》〉と呼ばれる風に身をさらしていた。キンキ山地に吹きつける冬の風は、西北西から東南東にのびている稜線にそって勢いを増し、イスリル本国へと馳せていく。かすかに湿った土の匂いのする春間近の風であったけれども、髪の毛を頭の皮膚からごっそりはがすほどの勢いであった。長外套《セオル》がはためき、耳元では脅すような音が鳴りつづけ、息も奪われそうだった。たまらず風に背をむけ、頂上をまたぐようにして仁王立ちになった。少し先の方に尾根の落ちこんでいるところがあり、岩のあいだからしみだした細い流れが、二筋に分かれていた。背後に向かって流れる水はやがてグロン川となって山稜を駆け下り、北の海に注ぐ。右手にはルデロ川が生まれ、こちらは山地をすぎたあたりから、怠け者の商家の長男坊よろしく、あっちへ曲がりこっちへ寄り道、そっちへ色目を使ったあげくにクルーデロ海に行きつく。そう、エンスが立っているのはまさしく分水嶺、水分かれの地だ。しかも、昔は、コンスル帝国とイスリル帝国の国境であった場所だ。

背中が冷えてきたので、今度は尾根と平行に左にむきをかえる。絶壁をなして岩山が落ちこんだ先には、どこまでも平坦な草地が見える。ところどころに黒っぽく浮き草めいてあるのは黒杉の林、とけかけた雪と氷が薄い霧をかもしている。あの平原がイスリル本国のはじまりだった。クエンダと呼ばれるずんぐりむっくりの鹿の一種に乗って、三日月が下弦の月に変身するまでの期間進めば、イスリルの首都イスルードにつくという。

エンスは大きく溜息を吐きだした。

高齢のリコを連れて、イスリルまで行こうなんぞと思いたったおのれの無分別が恨まれる。五十年生きられれば長老といわれる昨今、魔道師でもないのに八十をすぎたリコを不死のように考えていた。馬鹿だった。

ぐるりと反対側に身体をまわす。クルーデロ海に行きつく川、ルデロ川の源流が、岩肌を走っていくうちにみるみる幅広くなり、はや雪どけ水を含んで町まで落ちて、いっぱしの川姿をとっていた。川をはさんで広がる町は高山の町らしく、鋭角の屋根をもつ家々がひしめきあっている。コンスル名でかつてグロリオサ州キンキアードと呼びならわされたこの町は、今はスノルヌルと、イスリル名で呼ばれている。いや、そういう表現は正しくないかもしれない。そもそも、コンスル帝国の版図が拡大される以前、イスリル帝国もいまだ形を成さぬ千年以上昔には、土着の人々だけのものだった土地だ。それをコンスル帝国が蹂躙《じゅうりん》し、建物や道路や砦を造り、のちにイスリルが侵略した。以後綱引きの中央線のように、この町は両国の領域を行ったり来たりし、そのたびに呼び名が変わり、言葉も風習も変わった。

千年もそうしたことをくりかえしていれば、住民も賢くなる。高所にある町という利点を生かして、背後にキンキ山地を控え、張りだした尾根と尾根をつなぐように外壁をめぐらせ、門を一箇所にのみ、南側に造った。山道をものともせずにやってきた軍団が門の前に整列すれば、それがどちらの国のものであっても住民の生命と財産の安全保障とひきかえに門をあけた。支配する側とされる側の交替劇は、総督の居館——イスリルが支配しているときには魔道師の領主の館——があけわたされることで無血に終わることがほとんどだった。それゆえ、口の悪いコンスルの商人たちなどは、「イスリルの娼婦」と嘲《あざけ》り、「貞節のない妻のような町」と陰口をたたく。

そのイスリルの娼婦の町は、朝陽に照らされて、貴婦人の胸元に輝く首飾りさながらにきらめいている。尖塔はどれもごつい四角形をなし、家々の尾根も負けじとばかりにとんがっていて、まさに磨かれた宝石のよう。そして、煙突からたちのぼる煙は羽毛のようだ。

羽毛か。

エンスは道が細い筋にしか見えない岩場をおりはじめた。

「雪のかわりに羽毛がふる」と言われるスノルヌルの町でもある。外壁の外には多くの水辺や沼があって、キンキ鵞鳥《がちょう》が生息している。そもそもこんな山の中に町ができたのは、上質な岩塩とキンキ鵞鳥のおかげだ。町の一大産業が高級な羽毛布団の生産で、二つの帝国が無血開城を良しとするのは、職人たちの手を失いたくないためでもあった。

そして今、リコは上等の羽毛布団に臥《ふ》している。

エンスは毒づいた。とたんに、ずるっとすべった。いつもなら身軽くかわして何事もなくおりるはずなのに、ふさぎこんでいたせいで反応が遅れた。それでも、後ろ手をつき、同時に尻餅をついただけで、頭を打ったりはしなかった。エンスは岩と岩のあいだにはさまって両足を投げだし、たちまち尻に水がしみてくるのを感じていた。その冷たさに、罵《ののし》る気力も立ちあがる気力も奪われたようだった。死への絶望感がその冷たさと共に這いあがってきて、その絶望に身を投げだすがごとくに、上半身を岩場に投げだした。

仰向いた目に、蒼穹《そうきゅう》がしみる。岩に縁どられた青さ。

「運命神《リトン》よ」

がらにもなく神を呼ばわった。

「冥府の女神《イルモア》よ。まだあいつを連れていかないでくれ」

言っているうちに、不覚にも涙がわいてくる。

「今はだめだ。まだだめだ。あと十年、ときをくれ」

あと十年。十年たったらリコは大長老をとおりこして神になるかもしれない。いやいや、あいつのことだ、神はないか。むしろ化け物の方か。

「おれの寿命を十年分、あいつにやる。おれの寿命をとっていいから、リトンよ、イルモアよ、あいつを生かしてくれ」

二呼吸沈黙して待ったが、むろん返事などあるはずもない。さらに十数呼吸してから、エンスはあふれる涙を両手の甲でごしごしとぬぐい、起きあがろうとした。その瞬間、大きな羽音が一つしたかと思うや、影がおちかかってきた。オオワシの黄色くてやたら大きな脚が目の前にあった。鋭い爪の一本一本まではっきりと見えた。思わず腕で払いのけようとした。獲物と勘違いしていた鳥は、岩のあいだから出てきた思いのほか大きい生き物に驚いて——ワシのくせに、なんて間抜けなやつ——翼でエンスの頭の横を一打ち、羽根を散らしてあわてて逃げていった。横っ面をひっぱたかれたエンスは、そのまま岩に反対側の頭をぶつけた。目蓋《まぶた》の裏に火花が散るのを感じながらも、おお、この羽根は矢羽根になるぞ、高く売れそうだ、などと考えていた。そしてそのまま、奈落に吸いこまれていった。

グラーコとはじめて会ったのはコンスル帝国暦一四五三年の夏だ。明確に覚えているのは、ちょうどその日が二十三歳になった日だったからだ。ナランナ州ペレスの町の郊外で、エンスはとある農家の前庭の、木陰にある井戸端で涼んでいた。暑く乾いた日で、太陽はだみ声で笑いっぱなし、その悪声に辟易して雲の一欠片もどこかへ逃げていき、土埃《ぼこり》が熱風に渦をまき、カラン麦と草の匂いが埃の臭いとまじりあっていた。

井戸の上に枝をさしのべたスズカケの木の股には黒猫が腹ばいになり、井戸のそばの水たまりにはぶち犬が舌を出して喘いでいる。エンスは古びた長椅子にねそべって、いつ自分の重みで椅子の脚が折れるだろうかとぼんやり考えていた。

街道の方から荷馬車の車輪の音が近づいてきた。農家に用のある商人か、鋳掛《いかけ》屋だろうと思ってそのまま転がっていると、荷馬車は鶏を蹴散らしながら前庭に乗り入れて、数人の降りる気配があった。自分に用のあるやつなど来るはずもなく、心地良い午睡にひきこまれると思ったその刹那《せつな》、きんきんと頭に響く声が百本の針のようにふってきた。

「おい、おぬし、若いくせにぐうたらしているとはどういう了簡じゃ。年寄りが暑熱をおしてやってきたのを見たら、冷たい水の一杯も汲んでくれようという気づかいくらいしてあたりまえじゃろう。まったく、近頃の若いもんは。ほれ、さっさと起きて、そのごつい腕で、釣瓶《つるべ》をひっぱりあげたらよかろう。気のきかぬ若僧め」

エンスは心もち頭をあげ、半眼で声の持ち主を見やった。小柄な老人がちょろちょろ白髪頭をふりたて、しなびた洋梨さながらの顔をまっ赤に染めている。どうやら本気で怒っているらしい。

「あんた、魔道師か？」

と尋ねたのは、あちこちに穴のあいた黒い長衣を身に着けていたからだ。この暑いのに。年寄りというものは、どうやら暑い寒いをあまり感じないらしい。尋ねてよかった。さもなくば、外見だけでお仲間だと誤解していただろう。

「ま、魔道師、だと？」

老爺《ろうや》は頭頂からぬけるように叫んだ。

「わしを、あんな、腹黒い、ナマズのような連中と一緒にするでない、この青二才め！」

ナマズか。うまいことを言う。確かに魔道師の多くは、泥沼の底を這って汚水を呑みこんでいるような者ばかりだ。エンスはにやりとして起きあがった。釣瓶を引いて重い桶から端の欠けた椀に水を注ぎ、老人に手渡した。ひったくるようにして椀を取った彼は、ごくごくと喉を鳴らして飲みほし、「もう一杯！」と唸るように言った。

「よっぽど干からびてたんだな、爺さん」

口の端からだらだらとこぼしながら二杯めをむさぼるのに呆れた。

「どこから来たんだ？」

しかしそれには答えず、大きく一つ息をついた老人は、後ろの農家を親指で示して聞く。

「泊めてくれるか？」

まったく。聞きたいことしか耳に入らないふりをする。それだから長生きなのかもしれないが。エンスは先にたって歩きながら、何泊だ？　と聞いた。またしても返事がないので、肩ごしにふりかえると、彼はぽかんと口をあけてまじまじとエンスの背中を見あげていた。

「いやぁ！　大きい青二才だなぁ！」

「青二才じゃあ、ない。ちゃんと名前がある。リクエンシス——エンスと呼べよ」

にっかり笑った老人の前歯が数本、欠けていた。

「よし、よし。そんならエンス。案内してくれ。ああ、寝床は藁《わら》でも落ち葉でもかまわんが、ちゃんと上に布をかけてな。それから蚤《のみ》や虱《しらみ》はおらんじゃろうな」

エンスは老人に正面から相対した。腰に手を当てて、上から睨みつける。

「爺さん、客なら名を名乗れよ。それともずっと爺さん、でいいのか？」

「ほぉい、ほい！　こりゃ失礼した！　わしの名はリコじゃ。実は悪いやつらに追われておってな。キスプから逃げてきたんじゃ。どうか内緒にしてくれい」

頼みごとをするにもしれっとして、どこか図々しい。だが、悪事を働いて逃げてきたふうには見えないので、彼の言うことを一応信じることにした。

屋内に入ると、冷んやりとして心地良い。先に入った荷馬車の持ち主が、狸顔《たぬきがお》のかみさんと香茶を飲みながら世間話をしていた。

「ハミユ、この爺さんが一晩泊めてくれってさ」

「いいわよ。……でも、お金、持ってんでしょうね？」

ハミユは丸顔の中央に眉を寄せた。一見気さくでにこやかな人のいい農家の若い嫁が、その表情で、計算高くて抜け目のない女だと自ら暴露《ばくろ》する。リコ爺さんは、懐《ふところ》をさぐって小袋を出し、手のひらの上でさかさまにふった。何も出てこない。それでも彼は悪びれもせず、歯の欠けた口でにっかりと笑い、

「かわりに帳簿つけをして進ぜよう」

とのたまう。ハミユはぽかんとした。ただで泊めてくれと頼みこむ旅人には数多《あまた》出会ってきたが、ひらきなおってはばからない客に会ったのははじめてだったらしい。

「あんた、それ、本気？」

「本気も本気、もちろんじゃ。わしゃ若い頃は会計士じゃった。皇帝のお膝元で毎日数字とにらめっこしておった。皇帝に会ったこともあるぞ」

ハミユはふん、と鼻を鳴らした。権力闘争にあけくれたあげくに、内乱も勃発《ぼっぱつ》して、玉座など鞠《まり》のごとくに放り投げられている昨今、皇帝の威信など路傍《ろぼう》の石ころほどにもなくなっている。

「金がないのに威張ってる客、はじめて見たわ」

それからちらりとエンスを見て、

「まあ、似たようなのがもう一人いるけど……ふん、じゃあ、一晩だけだよ。一晩で一月《ひとつき》分の帳簿、つけられるかい？」

「もちろんじゃ！　簡単じゃ！」

本当かね、あたしと旦那と二人がかりで三日はかかるってのにさ、とぶつくさ言いながらも、空き部屋を身ぶりで示した。リコは喜び勇んで歩きだし、何かを思いだして足を止め、木の幹で作った丸椅子に腰かけていた荷馬車の持ち主に——こまごまとした日用品を積んでペレスの町中の雑貨屋に卸しにいく仲介人だ——自分の荷をおろして部屋へ運ぶように言いつけ、自らは空手で去っていった。

「びっくりした！」

とハミユがエンスに言う。

「あんたも相当だけど、やっぱり年の差だねぇ、あっちの爺さんの方が上手《うわて》だわ！」

「ああはならないようにしようと、はじめて思ったぜ」

ハミユはきゃはは、と声をあげて笑った。

仲介人が膝を曲げのばししながら立ちあがったので、手伝うぜ、と申しでて、二人でまた外に行く。

荷馬車には実にさまざまなものがおしこんであった。裁縫に使うこまごまとした道具、安っぽい装身具、小刀や枝切り鋏《ばさみ》、小さめの木材、箒《ほうき》、蝶番《ちょうつがい》や釘、ペン用の羽根、粗雑になめされた革、香草の袋。仲介人の指示で、ハミユが買った羊の革靴と綿花の袋を屋内に運びこんだ。もうそれだけでせっかくひっこんだ汗がどっと吹きだす。大笑いしている太陽にしかめ面をむけながら、リコの荷物をうけとる。黒いずだ袋が二つ、エンスの背中をおおうほどに大きく、思ったよりも重かった。これを背負って徒歩で旅をするのは、老人にはきつそうだった。

荷馬車の踏み台から半ばおりようとしたとき、ずだ袋の陰になっていた草の一束を目にした。

「おい、これ、アミアミ草か？」

男はそうだと答えた。

「ナランナ海東岸でとれた上等品だぁ」

数度の交渉の末、その一束を手に入れた。仲介人は車輪を鳴らしながらペレスの町へと去っていった。

アミアミ草は根元の先っぽの切り口が食べられる。果物のようにみずみずしく甘い。だが、長時間荷馬車におかれたままなので、もう、食することは望めなかった。食することはできなくても、この細く強靭な茎は籠を編むのに最適だ。でかい図体をしながらも蟻《あり》のリボンだって結べるほどに手先がきくエンスは、宿賃の助けになる籠を編もうと思いついたのだった。外仕事をしなくてもすむ言い訳にもなるではないか。

好きなことができるのはうれしい。瓦解寸前の世の中や中途半端な生き様の自分自身のことを考えなくてもすむ。これからどう暮らしていくのかとか、何者になってしかるべきかとかの屈託をいっときでも忘れられる。

エンスは鼻歌を歌いながら風通しのよい納屋の裏に行き、日陰で地虫をついばんでいる鶏どもにまじってアミアミ草の細工にかかった。

蕪やりんごを入れる籠ができあがった。我ながらしっかりしたつくりできっちりと編みあがり、数年は酷使に耐えられそうだった。気を良くして立ちあがり、伸びをした耳に、数人の足音が届いた。表屋の方をのぞいてみると、前庭に男が三人荒々しく踏みこんでくるところだった。

三人ともごろつきだった。目をぎらつかせ、なんとなく前かがみになり、油断なく身構えているのは、下っ端ゆえのことか。

エンスはすぐにぴんときた。「悪いやつらに追われている」と言ったリコは、一文なしだった。多分あのおしの強さで借金をしたか食い逃げを重ねたか。本人の言うとおりキスプあたりから逃げてきたと考えれば、ご老体のことだ、ペレスに行きつく前にくたびれはててこの農家に転がりこんだのだろう。

戸口にハミユが姿をあらわした。両腕を組んでごろつきを睨みつける。

「なんだい、あんたらは。ずかずかと人ん家《ち》に」

「爺いを出せ」

三人の中で一番太った男が、肩をゆすりながら前に出た。エンスは残ったアミアミ草をぶつぶつ言いながら結びつつ、そちらへ歩いていった。

「うちには爺さんはいないよ。あたしと旦那と……そら、雑用の居候と、三人ぐらしだ。騒ぎはごめんだよ。帰っとくれ」

ハミユは気の強そうなところを見せようと努力していたが、声が震えている。

エンスはなおもぶつぶつ言いながら近づいていき、彼女とごろつきのあいだに立った。

「ここは宿屋じゃないんでな。どっか他をあたれ」

「嘘をつくな、嘘を。わけありのやつをよく泊めてるそうじゃねぇか。あの爺いもここにいるに決まってらぁ」

二番めに大きい男が言った。こっちは最初のやつの息子くらいの年だ。一番小柄で鼻の尖ったネズミに似た男もわめいた。

「雑貨屋の荷馬車に乗ったって話もある。荷馬車の轍《わだち》があそこに残ってるぞ」

と、家畜用の飲み水を入れた石桶そばの湿った地面に顎をしゃくる。とんがりネズミのわりには、太くて低い声だった。その意外性に思わずにやりとすると、

「おい、あんちゃん、笑ってる場合じゃねぇぞ」

と太った男が肩をゆすった。

「おとなしく爺ぃを出しな」

腰帯から短剣をぬいてちらつかせた。エンスは両手を立てて手のひらを見せたが、その前に、結んだアミアミ草をやつらの足元にさりげなくばらまいた。

「そんな物騒なもの、しまってくれよ。喧嘩する気はないぜ」

「なら、そこをどきな。どうせ家ん中に隠れてんだろうからよぅ」

三人がほとんど同時に二、三歩前に踏みだした。エンスは後ろ手で合図をした。ハミユが立てかけてあった庭箒を素早く手渡すのと、連中の足の下でアミアミ草が次々に破裂するのが一緒だった。彼等はとびあがり、エンスは庭箒を構えた。破裂したアミアミ草の粉が若いやつの目に入った。悲鳴をあげて転がっていく。小柄な男はくしゃみと咳に襲われ、身体を二つに折って戦うどころではない。だが、一番大柄なやつにはなんの影響もなかったらしく、怒号をあげながら短剣を突きだしてきた。

箒の柄《え》で最初の一突きを難なくかわしながら、

「あららあ」

とがっかりする。アミアミ草全部に同じ結び方、同じ呪文をふきかけたはずなのに、効果は三分の二にとどまったか。何が違ったのだろう。かけた魔法のすべてがちゃんと発動してくれないと、いざというときに困ったことになる。

太った男は顔をまっ赤にして汚い言葉を吐きちらしつつ、またかかってきた。エンスは素早く身を沈め、箒の柄でやつの足を払った。やつは足の裏をお陽様にむけてひっくりかえり、したたかに背中を打った。その呻《うめ》きと悪態を聞きながら、彼はなおも頭を傾げていた。

紐結びの基本魔法はすっかり身についた。一つ一つ、何百回もの試験を重ね、工夫を凝らして自分でつくりあげた魔法だ。だが、材質が違ったり、手加減によって今日のようにうまく働かない理由は、よくわからない。場面場面でとっさのことだから、失敗もありうるとは思うが、それがちゃんとわかっていればかなり結果が違ってくる。

よろよろと立ちあがろうとする男の肩を蹴って、

「いいかげんにやめとけ」

とちょっと凄みをきかせて言った。

「骨が折れないうちに帰れ。はした金のために怪我しちゃつまらんだろうが」

男はぜいぜいと喘ぎながらむこうむきに四つん這いになり、ようやっとのことで立ちあがると、まだくしゃみの止まらない小男と泣きわめいている若者をひっぱって、庭から出ていった。捨て台詞の一つもなく。エンスはちょっとつまらんな、と思った。

ふりむくと、ハミユの心配そうな狸顔があった。

「あいつら、また来ないかしら。あんたに仕返ししに大勢ひきつれて……」

「夏のあいだはここにいてやるよ。何人来たって大丈夫だ。一月二月《ひとつきふたつき》したら、あいつらもあきらめるだろうさ。胴元がキスプじゃあ、遠すぎるしな」

「あの爺さん、一体何したのかねぇ。まったく。朝一番に追いだしてしまわないと」

その爺さんの様子を見にいくと、大騒ぎの物音もなんのその、客用の寝台で大の字になってぐうすか昼寝を決めこんでいた。

昼寝が終わったあとに、ちゃっかり茶菓子をつまみながら帳簿つけをはじめた。夕刻に帰ってきたハミユの旦那とハミユから、ここ一月の取引きを聞きとって、羊皮紙に書きとっていく。威張っていただけのことはあって、すらすらっと書きつづけ、夕食前には一仕事を終えていた。ハミユと旦那がいちゃいちゃする食卓で夕食を終え、またすぐに寝てしまったリコだった。

翌朝、エンスはハミユの旦那を説得して、農夫の荷車にリコを乗せた。むろん、薪にする丸太を山と積んだあいだに隠れるようにして。リコは重いずだ袋二つと共に嬉々として乗りこみ、エンスは荷車のぐるりに丸太の転落防止と目くらましの魔法をかけた蔓《つる》を張った。

荷車を牽《ひ》くのはのろくさ歩く二頭の雌牛、おとなしいが実直で辛抱強く、力もある。

ハミユの旦那はペレスの町とは反対方向の、リコが逃げてきた方面に二日ほど戻ったところへ行く。老夫婦が、小さな谷間の一軒家に住んでいるのだ。毎年秋になると、丸太を持っていって薪にして、軒下に積んでやる。今年は少し早めに持ってきたとかなんとか言って、薪作りをしてやるついでに、リコを預かってもらおうという算段。リコはそこに好きなだけいればいい。冬がすぎるあたりには、ほとぼりもさめよう。追っ手もまさか、ペレスとは逆方向に逃げたとは思うまい。それに、とエンスはほくそえんだ。リコのぼろ長衣の端に、目だたないよう小さいリボンをぬいつけてやった。さがされても見つからない魔法をかけたやつ。効力がどのくらいつづくか定かではないが、老夫婦のもとに行きつくくらいまでは大丈夫だろう。

荷車が出発してしばらくしてから、あのごろつきがまたやってきた。及び腰になりながら、爺いを出せとわめくので、もうとっくにペレスの町に逃げたぞ、としれっと嘘をつく。だが連中は本気にした。近くに大きい町があれば、そちらに逃げこむと、誰でもそう考える。もう一戦まじえることを免れたので、あからさまにほっとして、そそくさとペレスの町へと駆けていった。

……その足音が耳に響き——やたらにうるさいな、と目をあけると、岩と岩のあいだにはさまって蒼穹を見あげていた。風が強くなってきて、山肌にぶつかり、騒いでいるのだった。しびれる右尻を持ちあげ、身体を斜めにしてなんとか起きあがった。

リコが死にかけている。

現実が戻ってきて、また心臓をくいちぎった。

目蓋をまた熱くしながら濡れた尻をセオルで隠し、よくよく足元に気をくばって下界におりていった。

2

スノルヌルの街路をたどっていくと、一度か二度は、風花のように舞う羽毛を見ることができる。どこかの加工場の隙間から、むしられた羽根が舞いだすからだ。街路は石畳におおわれて、大きな布袋に入れられた羽毛を山と積んだ荷車が楽にすれちがえるだけの幅をもっている。道の片側は一段高い歩道になっていて、忙しい職人や商人が行き交い、あるいは会ったついでの商談にかかっている。四角い木造の建物はひょろ長い窓と錐のような屋根をもち、山沿いに吹きぬけていく風に耐えていた。

エンスは施薬所への寄りつき道に曲がった。大通りから東側に奥まった場所にある、珍しく横幅の大きい乳白色の石造りの建物だ。病気の者は誰でも無料で治療してもらえる。賄賂《わいろ》をわたせば、普通よりずっと手厚い看護をうけられる。

リコは、病床が五十も並ぶ大部屋ではなく、落ちついて気持ちのいい個室に横たわっている。あの、ペレス郊外で大の字になって昼寝を決めこんでいたリコが、今はちんまりと毛布までかけられて、土気色の顔も皺《しわ》深く、口を半ばあけたまま、瞑目している。薬草の匂いに紛れてはいるが、病人特有のすえたような臭いをかぎとることができる。息遣いも聞こえず、胸が呼吸で上がり下がりするのさえわからない。生きているのと死んでいるのと、一体どこがどう違うのだろうと思わされる。

彼の中に復活の兆候がないかと顔をのぞきこむ。しばらくそうしていると、扉布をおしわけて、看護師のコッタが入ってきた。彼女のかかえている大きい香炉からは、薬草の白い煙が吐きだされている。

「あら」

しもぶくれで美人とは言いがたいけれども、その笑顔には金貨五枚の値打ちがある。リコだって目覚めて彼女を見たら、たちまち元気になるだろう。

「おはようさん。なんか、ひどい顔。ちゃんと休まなきゃだめよ。あんたが倒れたら、話にならないじゃない」

香炉を窓辺におき、まるで長年の知己のように話すが、知りあったのは一昨日のことだ。山道でリコが具合を悪くしたのだ。青ざめて意識を失いかけたのを、荷驢馬《ろば》にかつぎあげてなんとかこの町までたどりついた。施薬所を教えられてここにとびこみ、薬師《くすし》の手当てをうけ、コッタの配慮で個室に入れてもらったのだった。

薬師曰く、心の臓が弱っているとのこと。

「おれがもっと気をつけるべきだった」

これで何度めだろう。同じことを言うのは。しかしコッタはうんざりもせずに返事をする。

「本人にもわからないことなんだから、気をつけようがなかったのよ」

これも同じ科白だ。だが、少しの慰めにはなる。

「連れてくるべきではなかった」

「どこにいてもおきることはおきる。ちょっと……なに、これ。あちこち濡れているじゃないの。宿に帰って熱い蒸し風呂に入って、おいしいもの食べて休みなさい。あんたがくよくよしていたって、何にも変わりゃしないわ。今大事なのは、あんたが元気でいることなんだから。――身体も心もね！　さあ、行って。リコはちゃんと看ててあげるから！」

背中をやわらかい手のひらに押されて、エンスは病室を出た。こう見えても、彼は心やさしい大男なのだ。魔道師で剣士でなんでも笑いとばして生きてきた。この町の頑丈な三角屋根だって吹きとばせるくらいに。だが、たまに自身の闇をのぞきこんで、気持ちが萎えることもある。特に親しい者と死との関係を考えたりすると、ずるずると淵にひっぱりこまれてしまう。めったにないことだが、そうなるとなかなか這いあがるのが難しい。

コンスル帝国が滅びの谷底めがけて崖を転がり落ちはじめ、あっちにぶつかって二つに割れ、こっちにぶつかって五つに砕けをくりかえしている昨今、死はさほど縁遠いものではなくなっている。凶悪な犯罪者がうろつき、おかしな病が流行り、反乱やら内乱やらも日常茶飯事、ちょっとした怪我がもとで生命を失う者も多い。そうしたことをつらつらと思えば、むしろイスリルの領土に入って良かったのかもしれない。イスリルの支配下のスノルヌルであったから、施薬所にたどりつき、手当てをうけられた。

ふん。悔やまれてならないことを考えるより、幸運だった面に意識をむけた方がいいのかもしれない。よし。一歩這いあがったぞ。

施薬所の寄りつき道から大通りへ出て大股に横切ると、直角に西の方につながっている道に入った。さらに二度左折して、宿に戻った。〈薔薇《ばら》満開亭〉は、その名とは裏腹の、乾燥花の一輪さえも飾っていない殺風景で古びた宿ではあったが、客が少ないせいで主人もかみさんも手持ち無沙汰な感があり、だからなおさらなのか、エンスが頼んだことはほとんど完璧に——エンスが思っているとおりに——やってくれる。

部屋に行く前に、エンスはコッタが言ったとおりのことをかみさんに頼んだ。風呂と、食事と、それに洗濯。蒸し風呂には先客がいた。昨夜《ゆうべ》の酒をぬいて出かけようとしている行商人だった。彼はイスリル本国の噂話を語り、エンスはコンスルの世間話をした。彼が出てからもしばらく我慢して、それから頭から水を浴びると、気持ちもすっきりした。かみさんが貸してくれた服を着て——イスリルの魔道師が宿賃がわりにおいていった長上衣と長袴——肉と野菜がたっぷり入ったスープと、こんがり焼いたソーセージと歯ごたえのあるパンにチーズをのせたものを平らげた。昨日は食欲がなくて、この半分しか食べられなかった。よし、また一歩這いあがったぞ。

腹をさすりながら部屋に行けば、乾いて気持ちのいい寝床、木の匂いの漂う暖炉、山清水とさっぱりした味の葡萄酒《ぶどう》の水差しののった棚が待っていた。

エンスは酒を一杯注ぎながら、暖炉のそばの背もたれ椅子にどっかりと座り、また大きな溜息をついた。

火の爆《は》ぜる音を聞きながらしばらくうとうとした。半分覚醒している頭の中では、どう紐を結んでどう呪文を唱えたらリコの復活が可能になるかを試していた。敵を追い払ったり、驚かせたり、祝福の呪《まじな》いや健康祈願なぞはできても、病を治したり寿命をのばしたりの魔法はまだ開発していない。転倒防止のリボンは結べても、心の臓を若がえらせる紐結びはどうすればいいかわからない。

目覚めたときにはまた、淵にずりおちそうになっていた。喉仏に何かがつかえているような感覚で上半身を起こし、膝に両手でつっかい棒をしてうなだれた。リコが苦しんでいないのがせめてもの救いだった。また大きく溜息をつき、のろのろと頭をあげたとき、部屋の隅に転がしてある荷物袋が目に入った。いくつかはリコのもので、そのうちの一つは最初に会ったときにも持っていたずだ袋だった。中に何が入っているかは知っている。いろいろと書きつけた羊皮紙の束がたくさんつっこんである。エンスはその袋を持ってきてまた座り、中から一つの束をとりだした。紐でつづってある一葉一葉に、彼が試した結び方と呪文とその結果が記してある。別の束には野辺の草花が精緻《せいち》をきわめた図入りで分類されている。また別の束ではエンスが釣った魚の絵と名前と場所と日付。それに料理をするした一束。

喉仏のかたまりが嗚咽《おえつ》となってもれた。彼は紙の束を足元に落とし、両手に顔をうずめた。

はじめて会ったリコを助けたその翌年の秋、エンスはローランディアとフェデレントの州境あたりをうろついていた。故郷のサンサンディアに帰る途上で、いつまでに帰りつかなければならないという制約もなかったので、小春日和を楽しみながら野辺の街道をぶらぶらと歩いていた。

コンスル帝国が絶頂期にあった頃に敷かれた街道は、何百年の年月を経て行き交う荷馬車や軍勢におしつぶされて、ぺちゃんこにつぶれたパンさながらになっていたものの、石畳はまだ互いに支えあってつながっており、この先で片方はローランディア州へ、もう片方は山間の小盆地の小さな町へと分かれていた。

背中を甲羅《こうら》干ししながらゆっくりと歩を進めていたが、車輪を鳴らして町へとむかう前方の荷車にまもなく追いつきそうだった。牛が二頭で牽くその荷台には、晩生のキスプりんごが編み籠にぎゅう詰めにされており、半輪進むごとに左へ右へと揺れるのだった。キスプりんごは大きくて酸っぱいが日保ちがいい。おそらく小盆地の町〈山の村〉——昔は村だったのだろう。名前がそのまま残っているのはよくあることだ——に高く売れると期待しての道行きか。

まもなく分岐点にさしかかろうとする頃には、荷馬車の数馬身後ろにまで追いついていた。と、声高に罵る声や怒号が右前方の森の方から聞こえてきた。

木立から男たちがばらばらと、狩りにむかう途中の狼の群れさながらに街道にとびだしてきた。先頭の一人が牛の鼻先をかすめるようにして横切り、すぐあとにつづいてきた男はよほど泡をくっていたのだろう、目の前の荷車をよけきれず、まともにぶつかって尻餅をついた。その後ろから三人、四人と駆けてきた男たちは、尻餅をついた男につまずいたり、りんごの籠に頭からつっこんだり。荷車はただでさえ横揺れしていたところに衝撃が加わって大きく左に傾いた。

エンスは荷車を支えようと思わずとびだした。転がった男たちは口汚く罵りつつも、素早く起きあがり、サンサンディアの方へと逃げていく。エンスは荷車の端に両手をかけ、足を踏ばったものの、第二陣がとびだしてきて再びぶちあたったものだから、もういけなかった。ごろごろとりんごが転げ落ちていき、重さがいきなり増した。エンスは耐えきれずにとびすさった。

荷車はりんごや第二陣の数人と一緒に、ほんの一瞬宙に浮いたあと、街道の左側のくぼ地に落ちた。御者の悲鳴と牛の鳴き声が響いた。

積み荷がごろごろと頭や腹を転がり、ようやく静かになった頃に上半身を起こすと、同じように四つん這いになった男と鼻をつきあわせた。だんご鼻の四角い顔の、即座にコンスル帝国軍とわかる短めの赤いセオルを着て、胴鎧《どうよろい》をつけていた。彼は脇に転がった兜を拾いあげるや、同じように転げている仲間を叱咤《しった》して再び駆けだした。

街道では、御者が頭をかかえ、ついで腕をふりまわして天を呪いだした。それを尻目に、彼等は次々に第一陣のあとを追っていった。

残ったのは間抜けな大男とつぶれたりんごの山。

御者をなだめなだめ、二人でなんとか荷車を戻し、動きたくない、絶対動くものかと臍《へそ》を曲げた牛をようよう立ちあがらせ、かろうじて無事だったりんごを四籠分拾い終えた頃には、陽も大きく西に傾きつつあった。

御者は涙と泥に濡れた顔を西にむけ、それからあきらめたように洟《はな》をすすり、

「戻るにゃ遅えな。〈山の村〉に行くしかねぇ」

と肩を落とした。エンスもサンサンディア方面への街道を見やりながら言った。

「おれも〈山の村〉に泊まろうと思う」

「乗ってけよ」

歩く方が速そうだったが、これが彼の謝意なのだろうと解釈してうなずいた。

「んじゃ、ありがたく」

御者席に並んで座り、荷が軽くなったので速度をあげた二頭の牛の尻に自分たちの影が長く射すのをながめながら、「〈小谷村〉のセンススだ」「エンスだ」と自己紹介をした。

「丹精こめてつくったりんごがおしゃかじゃあ、今年の冬はいいものを食わせてやれねぇ」

とうなだれるのに、

「キスプりんごは少々高くても買ってくれるやつがいるはずだ」

と慰めた。

「直接、町長の勝手口に持っていくといい。来客用に買ってくれるだろう」

センススはエンスより少し若いくらいの日焼けした顔を怪訝そうに傾げた。エンスは行く手を指で示し、

「さっきの連中のあとの方は、コンスル帝国軍だっただろう？〈山の村〉に駐留しているんだろう。士官をもてなすのは町長のつとめだ。りんごはきっと喜ばれるさ」

と説明した。

「こんな田舎に、なんで軍が来たんだ？」

「北のダルフの町村がいくつか、一斉《いっせい》に反乱蜂起したって噂をちらっと耳にしたなぁ」

センススは目を見ひらいた。

「……反乱……？」

「まあ、このご時世だ、あっちこっちで火の手があがり、帝国はその火を踏み消そうと大わらわだ」

「反乱？」

センススはなおも不思議がっている。山に囲まれた小さな村に生まれ育った男には、反乱の理由も意義も想像がつかないにちがいない。

「ダルフは独立の気風の強い州だからな。だが、ああいう反乱は無駄に終わる。一旦《いったん》まとまってはみるものの、すぐに内部分裂をおこすんだ。有力者同士の思惑が一致していないことが多いんでな。で、ちょうど、そうした頃合いに帝国軍がやってくる」

かつての威光輝かしいコンスル帝国ではもはやないものの、ダルフくらいまでならばいまだ目も手も届く、ということなのだろう。

「さっきな」

とエンスはつづけた。

「最初につっこんできた男たち、あいつらの恰好を見たか?」

いや、とセンススは首を傾けた。

「胴鎧もつけず、腰には短剣をさしただけの連中だった。おそらくダルフから逃げてきた反乱軍の一部だろう。〈山の村〉にひそんでいたのを帝国軍が狩りだしたってことか」

最初にぶつかってきた男たちは、長髪で垢《あか》じみた衣服だった。そのうちの一人は太腿《ふともも》に血止めの布を巻いていたし、別の一人は裸足だった。追われていると一目でわかった。

「グラン帝が死んでからこっち、中央《ミドサイトラント》もなかなか騒がしそうだし、物騒な世の中になったもんだと、年寄りは愚痴《ぐち》っているな」

山の端に夕陽が没したときちょうどに、〈山の村〉にたどりついた。切り通しに町の門がつけられており、エンスたちが通った直後に背丈より低い木の柵が二重に渡されて、夜間はこれで誰も通り抜けられなくなった。一応は。その気になれば乗りこえられるが、この山間の町では、これで十分なのだろう。

切り通しをぬけると、残照に町が麦酒色に染まって迎えてくれた。エンスはごくり、と喉を鳴らして荷車から飛びおり、センススにあいさつをして別れた。センススは教えられた道を町中にたどって、町長の家へむかい、エンスは乾いた土埃を足元にあげながら、たちまち暗くなっていく小路にとびこんで安宿の看板をくぐり、町の残照と同じ色の麦酒をさっそくきこしめした。乾いた喉をうるおして、子豚の肉と塩辛い野菜の煮浸し――これが意外と麦酒に合った――をたらふく腹につめこんだ。それから周りの男たちと軽い世間話をし、センススに説明した推測が正しかったことを確かめた。

「……そんでな、まだその反乱分子が町のあっちこっちに逃げこんどるらしいな」

白髭を山羊のようにたくわえた老人が上目遣いに言う。四十がらみの酒やけの赤い鼻をした市場商人がうんうんとうなずく。

「帝国軍もやっきになってさがしているぜ。今朝なんか、商売道具の台までひっくりかえされかねねえ勢いだった」

「二十年前も、やっぱり軍が来たことがあったって?」

三角顔の男が山羊髭爺さんに聞く。

「あんときゃ、ほれ、おめぇ、中央からの犯罪者をさがしに来たんだ。あんときも大騒ぎだった。なんでも、元老院の誰かを暗殺した魔道師とかで、とっつかまえんのに町中総出の大捕物よ。あんさん、あんたもよそから来たんなら、庁舎の二階の張り出し窓を見物したらいい。あんとき魔道師が吹きとばした壁の跡が、まだそのまんまだぁ」

小さな町の二十年前の大事件には興味はなかったが、大袈裟《おおげさ》に相槌を打って杯を重ねた。そうこうするうちに夜も更け、客は皆帰ってしまったので、エンスもよろめきながら部屋へ行った。どうせゆっくりと帰る旅だ、呑めるときにしこたま呑んでおけ、と調子づいたのが祟ったのかもしれない、寝床に倒れこんだあと、翌朝はすっかり陽が昇りきるまで目覚めなかった。

3

肩をゆさぶられて、渋々目をあけた。少し——ほんの少しだ——左のこめかみが痛み、呻きをもらしながらなんとか片方の目蓋をあけると、帝国軍の兵士の顔が待っていた。

「おやまあ」

とのんびり言ったつもりだったが、声がかすれて唸りにしか聞こえなかったかもしれない。目を閉じると、また肩をゆさぶられた。ああ、あの顔は何だか見覚えがあるぞ、と考えていると、剣の鞘《さや》走る音がつづけざまに聞こえた。おかしいな、何か悪いことをしたかな、といぶかりながら、仕方なくもぞもぞと起きあがると、剣先が五つほどつきつけられていた。今度はエンスも、はっきりと聞こえるように言った。

「あれあれ。なんの疑いだ？　おれは盗人でも暗殺者でもないぞ？」

「昨日、逃亡したダルフの連中と一緒だった」

と、見覚えのある顔が断じた。あ、と思いだす。四角い輪郭《りんかく》にだんご鼻。頭痛が少しひどくなってくる。エンスは顔をしかめて頭を枕に戻した。

「連中と一緒？　馬鹿を言うな」

「おまえと顔をつきあわせた。忘れようはずもない」

剣先が胸元でちくり、とした。

「起きろ。事情聴取で連行する」

おいおいおいおいおい。頭が痛いんだ、勘弁してくれ。だがやつはちくちくをやめない。

仕方なく起きあがる。ダルフの反乱分子とはなんのかかわりもないことは、すぐに判明するだろう。

「おれはサンサンディアに家がある。帰る途中だったんだ。たまたま目の前にあいつらがあらわれて、りんごの荷車をひっくりかえしていった。おれは巻き添えになっただけだ」

「詳しいことは庁舎で聞く。立てよ」

だんご鼻は人がいいと(エンスの経験では)決まっている。だがこいつは、厳しい表情を崩さずに油断なく構えていた。仕方なく立ちあがり、彼の背丈にびっくりした相手を尻目にゆっくりと身だしなみを整えた。といっても、着たきり雀《すずめ》の帯に、長剣と短剣をたばさみ、長靴を履いただけ。

だんご鼻は自分の剣を持ちなおした。

「おい、おまえは傭兵か!」

目をぱちくりしていると、また剣先をつきつけてきた。

「皆、油断するな。こいつ、剣を持っているぞ」

窓のおろし板の隙間から射しこんでくる陽光に、きら、きら、きらっと連中の剣先が反射する。

「動くなよ」

そう言われてゆっくり両手のひらをあげ、一人が武器をとりあげるままにした。その気になれば瞬時に全員を叩き伏せることもできた。腰に手をのばしてきた兵士の顎を膝で蹴りあげ、のけぞったところでその首に腕をまわし、驚愕して立ちすくむだんご鼻につかまえた兵士ごと体当たりする。二人が倒れきるまで待たずにふりかえり、残りの連中の足を払い、拳《こぶし》を使い、頭突きをして奪った剣で峰打ちすれば、ほうら、あっというまに熨斗《のし》イカならぬ熨斗兵士のできあがり。だが、そんなことをすれば当然、そのあとコンスル帝国軍をむこうにまわしてのお尋ね者となる。ただでさえ、うざったい銀戦士どもの視線を逃れて旅をする身としては、また別の敵をつくるのは賢いとはいえない。若い頃とは違って、エンスは上にずるのつく賢さを少しは会得していた。

で、楽しい想像とは裏腹に、おとなしくされるがままになり、手を出せというので両手をそろえて出し、縛られまでした。ただそこは、紐結びの魔道師としてちょっと小細工を。あとで解ける呪文を唇の先でそっとつぶやく。縛ったのが自分自身ではないので、完全に解けたりはしないだろうが、一刻もすれば痛みがなくなる程度にはゆるむはずだった。

ぎしぎしときしむ階段をおり、厨房の隅に小さくなって震えている宿の主人たちには目もくれずに外へ出た。すっかり高いところにある太陽がまぶしかった。捕物を一目見ようと集まった野次馬をおしのけて進み、連中の馬の一頭の鞍につながれ、軽く駆け足。これはちょっとまずいぞ、すっかり罪人扱いだ、とさすがに考える。だが、まだ、取り調べの上官なんぞは、得意の口八丁で言いくるめられるとも思っていた。にっちもさっちもいかなくなったら、発動するかどうかもわからない魔法を使うしかないだろう。エンスのことをすっかり失念してくれる魔法とか、誤解だったと相手が納得してくれる魔法とか、あるいはエンスの思いどおりに操ってしまう魔法とか。難しいな。最初のは百回試してたまたま一回成功しただけ。二番めのは、いまだ成功したためしがなく、三番めのに至っては、試したことさえない。駆け足しながら思いついただけ。つまりは、魔法はあてにならないってことだ。

昨日、うまそうな麦酒色に染まっていた町並みは、光と影とはっきりとした対照に浮きあがっていた。おもに灰白色の板ぶき屋根は白に輝き、軒下や日陰は漆黒《しっこく》に染まっている。とってつけたような石の煙突がなんとなくおかしかった。坂をあがったりおりたりしたあと、大通りに出て、わずかな傾斜をまっすぐ登った先に、町の庁舎が建っていた。こちらはかつてのコンスル帝国の威光をいまだ保って、大理石の円柱と浮き彫りの施《ほどこ》された破風からなる立派な三階建てだった。

馬がようやく止まった。エンスはじんわりと汗をかいてはいたものの、息も切らしていない状態で、「もう少し運動したかったなぁ」とおりたった兵士にうそぶいてみせた。返事はない。

愛想のない生真面目なやつらだ。

　両脇を兵士二人にかためられたまま、庁舎の石段をのぼり、ひらいている中央扉ではなく、石壁の右端にはまっている入口から、おしこめられるようにして中に入った。前に二人、後ろに残りの兵士たち、と一列で、狭い通路を夜光草の灯りを頼りにしばらく進んでから、今度は石段をおりていく。十段おりて踊り場、さらに十段おりて、もう完全に地下だった。また通路を進んだが、行く手の壁に炉の火が反映して橙《だいだい》色に染まっているのを目にして、募っていた不安も少しは軽くなった。じめじめした地下牢にまっすぐおしこめられるのだけは免れそうだった。

　エンスたちがその部屋に踏みこむと、上からおりてくる別の階段の下に小卓をおき、麦酒をすすりながらさいころ遊びをしていた牢番二人があわてて立ちあがった。だらしなく襟をはだけ、帯もよじれており、見るからに町の者で、帝国軍の所属ではなかった。

　だんご鼻が、卓を貸せ、椅子もだ、と命令した。二人は大急ぎで卓上を片づけ、自分たちは牢へつながる戸口のそばに、いかにも番兵らしく直立した。その姿勢も、片方は一呼吸めで袖で鼻の下をぬぐい、もう片方は二呼吸めで首筋をぼりぼりとかき、すぐに崩れてしまったが。

　そのあいだに兵士の一人が広い方の階段を駆けあがっていった。おそらく彼等の上官を呼びに行ったのだろう。

　エンスは縛られたまま椅子に座らされ、しばらく炉の火の爆ぜる音を聞いていた。炉はむきだして、太い木の幹が数本互い違いに組まれ、炎をあげていた。エンスは故郷の家の宝箱におさまっている〈炎の玉髄《ぎょくずい》〉をふと思いだした。持って歩くとやたら気が大きくなって、招かなくてもいい事態を招くようだと気がついてから、家に残しておくことにした水晶玉だ。あれが今あったらなあ、と詮なきことを思う。口八丁に磨きがかかって、何としても説きふせることができそうなのに。

やがて兵士たちの上官がおりてきた。いかにも帝国軍人らしいがっしりした身体つきで太い首も真っ黒に日焼けしている。リネンのシャツの上に薄い羊毛の胴着を重ねただけで、地位を示すためにセオルを黄金の肩留め《フィブラ》で留めている。黒い長衣を着た老魔道師を従えていた。

上官はむんずと椅子をひっつかみ、背もたれの方をエンスにむけて、馬にまたがるように腰をおろした。抜け目なさそうに黒光りする目が、太い眉の下から彼を睨みつけた。だがエンスの視線はそいつをとおりこして、一歩退がったところで蠟板《ろうばん》を構えて立った老魔道師に釘づけになった。魔道師ではない。リコだった。彼は一瞬エンスと目を合わせ、無表情に一回まばたきした。無表情、というのはリコの本質から大きくはずれている。大して知っているわけではないが、あの剽軽爺《ひょうきん》さんがしかつめらしい態度で書記の真似事をしているなど、どう考えても不自然だ。瞬時にそう判断したエンスは、あえて目をそらして天井を見た。

上官は卓を拳で叩いた。エンスがようやく彼を見ると、名前は、と尋ねた。「ユーグレッス。ユーグでいいぜ」と、流れの剣士風に胸を張った。

「職業は？　出身地は？」

「家はサンサンディアの湖のまん中にある。何でも屋だ。何でも屋というのはだな、頼まれれば商いもするし、馬丁もやるし、薪割り、水汲み、裁縫もするってことだ。剣士でもあるが、心やさしいおれはめったに剣をぬかないし、喧嘩もたまにはするが、諍いは嫌いだ。だからあんたの部下の言い分も勘違い、誤解だと言いたい。おれはたまたまりんご売りの荷車の後ろを歩いていて、たまたま逃げてくるあいつらにぶつかり、たまたまあんたの部下と顔をつきあわせた。それだけだ」

と一気にまくしたてた。リコは蠟板に尖筆を走らせて一字一句を書き留め、上官兵士は口をひき結んでじっとエンスを見つめた。今度は彼も、あたかも愛しい恋人ででもあるかのように相手を熱く見つめかえした。

「たまたまが多すぎるな」

エンスもそれには同意した。

「だが真実だ。おれは反乱分子とは何のかかわりもない。……証人がいる。りんご売りのセンスだ。〈小谷村〉からキスプりんごを売りに来た。荷車がひっくりかえったときにあらかただめになったけどな。残りを町長の家に売りに行ったはずだ。まだ町にいるかもしれん」

目覚めたときに陽が高かったことを考えると、それはないかもしれない、と思った。農夫は働き者だ。秋の日を無駄にすることはない。

「町長の家に行って確かめてくれ。そうすれば本当のことだとわかる。……それに、おれの剣を調べろ。刃こぼれも血曇りもしていない。反乱に使っていないことがはっきりする」

この言い分がだめなら、この、巌《いわお》さながらの上官兵士の情に訴えて、煙にまくか、同情と共感をひきだすかしかないな、と次の手を模索していた。上官兵士は顎をしゃくって一人の部下を町長の家に行かせ、もう一人にエンスの剣を調べさせた。もちろん剣は、エンスが言ったとおりだった。彼はそれがわかると椅子から立ちあがった。

「おまえの言い分はわかった。だが、それが、無実の証明にはならん」

と冷たく言い放つ。石頭め。では次の手に変更。あんたはどこ出身だ、あててみせようか、多分ロックラントの山岳地帯の生まれだろう、あの山には今もトビネコがいるんだってな、トビネコってのは知ってるか？　山猫の一種らしいんだが、ふさふさの長い毛並が珍重されて、見境いなく殺された種で、今じゃ本当に見つけだすこともできなくなっちまったロックラントの名物で……とまくしたてたが、相手は顔の皺一つ動かさず、手ぶりで部下に命じてエンスを立たせ、牢の方に追いたてた。

手縄のままに格子のむこう側につきとばされ、おい、せめて、縄くらいほどいてくれよ、と叫ぶのにも耳を貸してもらえず、がちゃん、と無慈悲な掛け金の音が石壁に反響する。

せめて板壁であったなら。せめて土間であったなら、とエンスは牢のまん中で立ちすくんだ。石壁ではあまりに寒々しい。残っていただんご鼻が帰りぎわに、

「その、センススという農夫が証言すれば自由になれるぞ。だが、もう、町にはいないだろうな」

と嘲りの声で吐きすてていった。

エンスは奥歯を嚙みしめ、ぎゅっと唇をひき結び、足音が去っていくのを聞いていた。人の気配がなくなると、縛られた手首を軽くすりあわせるように動かした。さっきかけた魔法がなんとか効いたようだ。縄は渋々ゆるんでいき、やがて完全にほどけた。

さて。これを使って脱出できるか、やってみようではないか。

牢の格子戸はまだ比較的新しい。おそらく数年前につけ替えられたのだろう。それも大した犯罪者は出ないような小さな町だから、安価に抑えようとしたのだろう。さしわたしてある一本一本は太いが、軽くて切りやすいケヤキだった。

これがクリやらカシだったら難儀なことこの上ない。硬く、重く、細工がしづらいのだ。ケヤキで幸い。

さて、それで。

木を切る呪文と結び方はなんだったかな。蝶結びではもちろんない。もやい結びのような複雑な結び方でもなかったはずだ。だいたい、紐結びの魔法というものは、幸運を呼びこんだり、不運を退けたりが基本なので、切るとか断つとかは不得手なのだ。それにこの、口八丁の舌を動かすおつむは、あれとこれ、それとあれ、の組みあわせをいちいち記憶することが苦手らしい。何度かそれとおぼしき結び方と呪文をかけてみたが、ケヤキの格子は静まりかえって、返事などしてくれそうにもなかった。

十何度の失敗のあと、エンスはちょっとふてくされて床に座った。誰か斧を一丁さし入れしてくれんかな。その方がずっと早いぞ。

武器で始末をつけるのはなんとたやすいことか。相手が人間ではなく、ましてや生き物でもなければ、非常にたやすい話だ。

両膝を少し立てて広げ、膝頭に腕を乗せ、エンスは内心唸りながら格子を睨みつけていた。と、さっきの牢番部屋の方で話し声がした。センススの話で裏がとれたのかと期待して待っていると、せかせかした足音が近づいてくる。やったぜ、釈放だ。

身体のばねを利用して跳ぶように立ちあがった。だが、あらわれたのは蠟板を掲げて役人然としたリコだった。

「おお、やっぱり思いだしてくれたか！」

エンスの声に、リコは小さくしっ、と指を立てた。格子にできるだけ寄って、来し方をちらりとふりかえってから、早口でささやいた。

「わしゃ年をとっても耳はいいんじゃ。小さい声で話せ」

それからふんぞりかえって、わざと大きな声で言う。

「雇い主の代理で参った。おぬしの言うセンススなる農夫は、もう町にはおらぬ。よっておぬしの言い分は認められず、明朝、絞首刑に処すことが決まった」

楽天的、というのは悪いときもある。防御の構えをとっていないがために、予想もしなかった事態に不意うちをくらい、大きな痛手をこうむることになる。このときのエンスがまさにそれで、頭の横を棍棒で殴られたかのような衝撃を感じた。センスがいないかもしれない、ということは予想していたし、その場合、何らかの処罰をうけるだろうということもわかっていた。だが。

「こ……絞首刑……?」

くらっときたので格子にしがみついた。リコは重々しくうなずいた。

「反乱者は絞首刑と決まっておる」

「まてよ。まて、まて、まて。おれは何にもしていないぞ。りんごの荷車のあとをただてくてく歩いていただけだ」

「それで明朝まで、おぬしの罪状を書きあげることになった。雇い主の帝国軍十人隊長は、わしにその役を任せてくれると言ったのでな。さてさて、そこに座れ。わしもこっちに座る。床几を持ってきた。さあ、観念してことのはじめから白状せい」

「おい、おい、リコ! 本気か?」

「そうだ、素直にしゃべれば、最後の晩飯くらいは食わせてやろうぞ——本気なわけがなかろうが!」

後半を、リコは身をかがめて格子のあいだからささやいた。

「まずはどこでどんな相談をしたのか、から話すのじゃ。裁判だと？　このご時世に、そんなことをしている暇なぞあるべくもない。反乱分子の処遇は十人隊長に一任されておるのじゃ」

そうだ。裁判がひらかれるのは、いまだ帝国の残照輝かしい各州都くらいなものだ。それだって、為政者の心構え一つで、賄賂まみれの似非《えせ》裁判に堕しているところも少なくない。

エンスは頭をくらくらさせたまま、しばらくリコを見つめた。

何をすればいい、言ってくれ、と彼の唇が動いた。胸の底の方から生来のエンスがもっている熱い負けん気がむっくりと起きあがった。そうだ、こん畜生、無実の罪で首を括《くく》られるなんて、あっていいわけがなかろうが！

「この格子を切る魔法を試している。が、混乱してどの魔法が有効なのか、よくわからんのだ」

「おお。おぬしは魔道師じゃったな」

「おれもときどきそれを忘れる」

にやっと笑ってみせた。もちろん、無理矢理笑ったのだ。だがそれで少し、さっきよりは落ちついた。

「順番に試してみるから、その蠟板に書きつけてくれるか？　同じやつをしなくてすむように」

「それだけで良いのか？」

「それだけが頼みの綱だ」

リコは床几に腰をおろして蠟板を構えた。

「よしよし。素直に語ればそれで良い」

と、大声で言った。エンスはそれからまた試しはじめた。格子に綱を巻く。結び方を変え、呪文を変え、様子を見る。リコはそれを一つ一つ記録し、それはさっきやっただの、言葉尻をちと変えてみたらどうかだのと、教えてくれる。何十回と試してようやく一度だけ、ほんの少し傷がついた。だが、これでは三日四日かかりそうだった。陽はすでに落ち、冷え冷えとした山風が高窓から吹きこんできている。

「ちと待て、ちと待て」

リコはそう言いながらどっこいしょと立ちあがり、腰をのばし、膝を鳴らした。

「こう暗くては老眼ゆえよう見えん。灯《ひ》をもらってこよう。ついでに最後の晩飯もじゃ」

エンスはそれでもあきらめない。結ぶのがだめなら、結んでから解くのではどうだ、と思いつく。解放の呪文があったな。それと組みあわせたら、この格子も解放されるのではなかろうか。リコが戻るまでに数回試したが、これも不発に終わる。さすがに少々焦りがわいてきた。残された時間は今夜一晩。幸い日の出は遅くなりつつある。それまでになんとかしないと、首が紐結びにされる。絞首刑の綱をほどく、もしくは切る、という最後の手段もある。だがその魔法だって思いどおりに働いてくれるか、心許ない。うまくいったなら、囚人は無罪放免にしてもらえるが、その土壇場にかけるのは本当ににっちもさっちもいかなくなってからだ。

エンスは手を止めた。考えろ。何かあるはずだ。もっと別の方法が。リコが戻ってきた。灯りと、パンと水。粗食でも、食えば力になる。エンスはがつがつと食べ、ごくごくと水を飲んだ。また床几に腰をおろしてその様子を見ていたリコが、何かを思いついたかのように、

「ほうい、ほい」

と節をつけて言った。

まさに今、最後の一口を呑みこもうとしたところで目をあげると、彼はエンスの背後にあるものを指さした。ふりむいたが何もない。寝床用におかれた藁の一山があるばかり。

「火事でもおこすか」

あやうく吹きだすところだった。かろうじて呑みこんで、

「馬鹿を言え」

と言った。

「なんでじゃ。煙もくもくになったら、牢番がかけつけて出してくれるじゃろ」

「その前にこっちが煙で窒息する。牢番だってまず逃げるだろう」

「いや、そうとも限らん。帝国方ではな、火災の際には囚人を逃がす法律もあるぞ」

「そんな律儀な牢番が、今どきいるかっ。さいころ遊びをしながら麦酒を吞む連中だぞ」

「しいいっ。大きな声を出すな。様子を見に来たらかなわんわい」

「まったく。とんでもないことを考える爺様だぜ」

「ならばじゃな、その藁山をここの格子の根元において、少しずつ焼いてみるというのはどうじゃ。ケヤキじゃぞ。燃えると思うがにゃあ」

「酔っぱらいの牢番でも、火の臭いには敏感だろう」

と苦々しく首をふったとき、頭の左の方で記憶がころん、と転がった。さいころのようにどこかへ落ちていきそうなそれを、心の手で必死につかみとった。ファイフラウ。それはそう小さく叫んで霧散した。

ファイフラウ？

「エンス？」

エンスは指を立てて待つように合図して、記憶の井戸をのぞきこんだ。若い頃の記憶がすぐによみがえってきた。うん、ファイフラウは海のまん中の小さな島に出没する炎の化け物だ、それはすぐに思いだした。それで？　あの、きしんだ笑い声のいけすかないやつが、どうしたって？

足元が突然なくなって、熔岩のぐつぐついう鍋に落ちていく途中だった。ファイフラウに呪文をかけた紐をへばりつかせた。紐はむろん、あいつの炎にたちまち燃えてしまったが、その隙に、煤《すす》が一瞬、あいつを制御して動きをはばんだ。あいつは〈炎の玉髄〉を取りそこね、その隙に、もう一匹の化け物ブロンハに捕まったのだった。オマエハイラヌ。エンスを邪魔者扱いにして蹴っ飛ばしてくれた闇の化け物の嘲りがまざまざとよみがえる。

いやいやいや、悔しがっている場合ではない。蹴られたおかげで、助かったんだから。考えを戻そう。煤になっても紐の魔法は発動する。炎を制御することができる。あのとき、ファイフラウのような大きいやつを、一瞬にしろ足止めしたのだ、その力を侮るべからず。あのときの結び方と呪文は――良かった、覚えている。大仕事であれば、記憶はちゃんと脳味噌に刻まれるらしい。

エンスはリコに言った。

「今から言うことを書いてほしい。他のは全部いらない」

床几の足元には、使った蠟板が十数枚重ねてあったが、それを全部必要ないと告げられたリコは、今までの努力はなんだったのじゃ、と気色ばんだ。

「リコ、臍を曲げるのはあとにしてくれ。方法がわかった。いっぺんで片をつけるぞ」

「お？　おっ、おう、そうか！」

年寄りながらのみこみは早い。

「いいか、まずは紐の方。二本をねじりあわせる。端はかた結び。ねじるのは右回りに十二回。長さは腕一本分。ねじり終えたらその端を一度かた結びにしたあと、あ、や、つ、なぎを二つつくる。

……と、確かこうだった」

そう言いながら、ほとんどぼろぼろになった縄を結んでいく。

「呪文はこうだ。炎に出合いたれば汝、燃えおちる前に炎を統《す》べよ。冥府の女神《イルモア》、美の女神《イルモネス》、双子の姉妹神の名において、燃えおちる前に炎を統べよ」

とん、と尖筆を蠟板に当てて、リコが、書けた！　と破顔した。

エンスは縄を格子の縦と横の交差している三箇所に渡した。長さは少し足りないかもしれないが、なんとか間にあってくれることを祈るばかりだ。

「よし。リコ、その蠟燭《ろうそく》を貸してくれ。合図をしたらおまえは逃げろ。火事だ、とかなんとか騒ぎながら表に出ろ。ここの東角で待っていてくれ」

秋の陽はとっぷりとくれ、窓には闇がはりついている。闇に紛れて逃げられるとは幸いな。

「わ、わかった。気をつけるんじゃぞ？　って、何をするんじゃい」

「おれは大丈夫だ。これには自信がある。いいか、合図をしたら走れ。いくぞ」

エンスは蠟燭の火を縄の下方に近づけた。縄の先っぽがまたたいて小さな赤い点を作り、黒くなったと思ったら消えた。もう一度火を当てる。ちりちりとかすかな音をたてて、縄はようやく炎を抱いた。

その火が安定して、はじめにケヤキの表面を、次いで中の方を焼いていく。一筋の煙がゆらめき、焦げた臭いも漂ったが、牢番の注意をひくほどではない。やがて縄は、格子にからまる黒い蛇となった。何も起こらず数呼吸待つ。じっと見つめていたリコが口をひらこうとしたちょうどそのとき、蛇のしゅうしゅういう音と共に格子から炎があがった。

同時にエンスは、遠慮なく背後の藁山に蠟燭を投げ入れた。湿り気のある藁は、黒白まだらの煙を吐きだしながら、ちろちろと火をあげはじめる。煙はたちまち牢内に充満した。エンスは腕で鼻と口をおさえながら、勢いよくうなずいた。

「よし！　走れ、リコ！」

老爺は長衣の裾をからげながら、よたよたと走っていく。

「大変だ、火事だ、火事だあ！」

もくもくとあがる煙もリコのあとを追いかけていく。かすむ視界の中、エンスは格子を蹴った。大男の蹴りと炎の魔法にしばらく抵抗していたケヤキの格子も、さすがに五、六回の渾身の衝撃に耐えかねて、ばきばきと割れた。だがこちらも息がつづかない。煙と煤に冒されて咳をし、喘ぎ、涙と鼻水を一緒に垂らしながら、裂けた木材のあいだを這いつくばるようにしてなんとかくぐり抜けた。身をかがめてよろめきつつ出口にむかう。

牢番部屋にも煙は流れこんでいて、渦をまきながら階段の上の方に広がっていくのが見えた。だが、この煙はすぐにおさまってしまうだろう。藁はたちまち燃えつきるし、ケヤキの格子も、一旦火がついてしまえば、煙を出すことはない。他に燃えるものもないので、類焼することもない。

薄い煙の幕のむこうに、右往左往している二人の牢番が、影のように見えた。火事だと叫ばれ、煙にまかれて、何をどうしたらいいのかわからなくなっているようだ。だがまもなく、判断力をとりもどすだろう。

　エンスは大股に、ウサギのようにはね走って部屋を横切った。彼等の目の端に、うっすらと姿は映ったかもしれないが、あと二呼吸くらいは恐慌状態だろう。その一呼吸めでエンスは階段にとりついた。自分が連行された方ではなく、広い上階につづく方だ。二呼吸めで三段飛ばしに駆けあがり、踊り場に行きついていた。煙はおさまりつつある。牢の方からはもう吐きだされてこない。だが、踊り場にはまだ雲のようにわだかまって、彼を隠してくれている。残りの段を駆けあがっていくと、その先でリコの叫びがつづいていた。

「火事だあ！　火事だあ！　大変だあ！　みんな逃げろぉ！」

　入り乱れる足音と大勢の人の気配があった。上階に達すると、部屋部屋からとびだしてきた人々の後ろ姿が見えた。すれちがってこちらにむかってくる帝国兵の面々を目にするや、素早く脇の小部屋に入りこんだ。兵士たちは武具を鳴らしながら階段をおりていく。咳が出そうになるのを腕でおおってこらえながら、棚に畳んである儀式用の垂れ幕らしき布をかっさらった。最後の兵の踵《かかと》が階段下に見えなくなると同時に、垂れ幕を頭からかぶって小部屋をぬけだし、避難する人々のあとを追った。長くたくましい脚のおかげで、玄関からどっと吐きだされる夜番の人々に紛れこむことができた。正面玄関の石段を楽々と駆けおりて闇に紛れ、垂れ幕を建物の隅に放り投げると、待ちあわせ場所に走っていった。

　庁舎の東側では息を整えているリコがちゃんと待っていた。

そこで手が止まる。ちょっと待て。待てよ、待て。薬師はとっくにマンネンロウを試したはずだが、おれは薬師に頼りきりになってはいなかったか？　おれはおれがやるべきことを全部やったか？

袋をじっと見つめた。黒い綴じ紐がだらしなく床の上にのびている。早く結んでくれ、と言うかのように。

エンスは素早く立ちあがると、足音も荒く宿の外にとびだした。驚いてふりかえる人々に目もくれず、施薬所まで大股に走った。せわしなく息をつぎながらリコの病室にとびこみ、コッタに指図して、乾燥マンネンロウを入れた小袋を用意してもらった。袋の両端から紐が出ていて、ひっぱれば口がしまるようになっている。エンスはそれをひっぱってあやつなぎを一つ作った。「心の臓に力を与え、血のめぐりをなめらかにせよ、この者の身体に熱き火をもたらせ、イルモネス、イルモア、双子の姉妹神の名において」と九回呪文を唱えながら。そうしてできあがったそれを、袋ごとリコの裸の胸におしあて、さらに唱えること九回。

牢の格子を焼き破るときの応用だった。火は活力だ。冷えきったリコの中に炎が宿れば、いま一度、元気になるのではないか。

動いているのかさえわからなかったリコの胸が、エンスの手のひらの下で静かにへこみ、次いでわずかにふくらんだ。エンスはさらに九回の呪文を口早につぶやいた。すると手の下の胸は何回か小さな上下をくりかえしたあと、大きな吐息を一つつき、次いで深い呼吸に移っていった。

土気色だったリコの頬に赤みがさし、首や指の青白さがみるみる退いていく。エンスがほっと肩の力をぬくと、一体何事かと集まってきていた看護師や薬師が静かな感嘆と安堵の声をあげた。

もうしばらく待っていると、まず指先がかすかに動き、次いで目蓋がひくひくした。春間近の陽射しが山陰に没するまさにその瞬間、リコの両目があいた。心の臓が九つ打ったのち、天井にむけていた視線を周囲にまわし、エンスを見つけ、かすかに笑った。かすれた声で、

「きれいな姉ちゃんの夢を見ていたのになぁ。もうちょっと手をつないでいたかったぞ」

と言った。周りで笑いがさざめき、マンネンロウの香りがたゆたった。

コッタが薄めた薬湯を飲ませると、リコはまた寝床に沈んだが、今度の眠りは深く安らかな眠りだった。


十日後、エンスとリコは故郷に帰るべく町を離れた。険しい山道はリコにとって毒だと説いて、おぶさるように何度か提案したが、いつものきかん気が戻ってきた爺様は年寄り扱いするな、大丈夫じゃ、と一蹴するのだった。

「イルモア女神がむこうの岩の上に座っておってなぁ、わしはそっちに一人でてくてく歩いていったんじゃが、途中できれいな姉ちゃんに呼びとめられたんじゃ。手をつないでくれてな、

そのやわらかくてすべすべしたこと。彼女がひっぱるままに回れ右をしてうっとり歩いておったんじゃ。そしたらおぬしが待っておってな、自分の心の臓を姉ちゃんにさしだすんじゃ。おぬしの心の臓は、小っこいなあ。あれじゃ、カエルの心臓だて。姉ちゃんはそれをうけとった。と思ったら目がさめて、むさ苦しい顔があったというわけだ。いやはや、もったいなかったなぁ。姉ちゃんのお手々が——」

山道が少し平らかになったとき、リコはそう夢を語った。エンスは、

「カエルの心臓でも心臓だ、ありがたく思え」

と言いかえしながら、イルモネス女神にそっと感謝を捧げた。

それからさらに先へ行くと、どうしてもリコには辛い山道があり、一度だけ彼をおぶった。骨皮筋衛門だろうと軽々と背負ってみると、これが意外にずっしりと重く、エンスは我知らずにやりとした。

このリコは、エンスがささげた寿命の二倍近く、十八年生きた。むろん、胸にはいつもマンネンロウの魔法の小袋をつけていたが。エンスはあちこちで同じような小袋を売って蓄えにした。

水分けの山稜から下った流れは、どうやら生命の湖の方に流れこんだらしいと、十何年もたってからあらためて思いおこすことしばしばだった。

子孫

A Passing Time

帝国暦　一七八五年　二月

膠《にかわ》でかためたように何一つ動かない、静寂《しじま》の朝だった。丘や山々は春先の赤みがかった稜線を空にくっきりと描いている。いまだ大地をおおっている雪もかたくひきしまって、じっと身をこごめているように見える。灰白色にはりついた空には鳥一羽飛ばず、風の一吹きもない。

エンスたちは──エンスと芸達者なニーナは──キスプからティルへ至るある峠の上で立ちどまっていた。目を空にむけ、耳をすます。なんの音も聞こえない。雪どけの水の音も、枝がはねる音も、小さな獣たちの走りまわる音も、林の中のシジュウカラの口論も。まるで森全体、世界全体が来るべき何かに対して身構えているかのようだった。

「嵐が来るぞ」

とエンスは言った。

「昼すぎから、大荒れになる」

とニーナ。しなやかでやわらかい肢体、つややかな褐色の肌、赤銅色《しゃくどう》に輝く髪と黒々とした瞳の彼女は、夜鶯《ナイチンゲール》よりも歌がうまく、町の領主のおかかえの踊り子たちより踊りが上手だ。今はそのすばらしい肉体を、狩人が着る毛皮の胴着と長袴、藁《わら》をつめた男物の長靴、羊毛の外套《セオル》に包み、髪も一つにまとめて頭巾《ずきん》の中におしこんでいる。それでも、のぞきこんだ者は、卵形の輪郭《りんかく》と柳眉《りゅうび》と赤い唇にはっとするだろう。

エンスは彼女を一瞥《いちべつ》して、にやりとした。

「何よ」

しゃべり声は夜鶯顔負けの歌声にはほど遠い。低くて少ししゃがれている。

「いやな。おまえほど変な女もいないな、とつくづく思ったのさ」

「何よ、それ、失礼な」

「褒め言葉ととってほしいもんだ」

再び歩きだしながらエンスは言った。

「だいたい、おれにくっついてくること自体、変だ」

「それを言うなら、あんたも変よ。あたしみたいに美人で性格も良くて、あんたに心からつくそうって女をけんもほろろに扱うんだから」

「こんなおじさんより若くてたくましいのがいっぱいいるだろうに」

「だね」

「若くてたくましいのはいっぱいいるけれどね、おつむがからっぽなのとか気持ちが貧弱なのとかばっかり。あたしは尊敬できる男についていきたいの」

エンスは杣道《そまみち》からはずれて、尾根を登る藪を指した。

「こっちに行く」

「わかった」

立ちどまり、合財袋にひっかけていたかんじきをおろし、長靴にくくりつけた。

「まったく、変な女だ」

「しつこいわね。わかってるって」

「急に道を変えても、わけも聞かない」

「嵐が来るんでしょ？　このまま峠をおりたら、嵐に追いつかれる。そうなる前に、どこかに避難する。あんたは避難場所を知っている。だから道を変える」

とまくしたてながら、エンスと同じようにかんじきを履き終えたニーナは、身体を起こして溜息をついた。

「あたしがちゃんとわかってるってことを、いちいちあんたに説明しなきゃならないわけ？」

エンスは上り坂に分けいりながら答えた。

「聴衆にはちゃんと歌の説明をするくせに」

「あんたはおべんちゃらの必要なお客じゃないわよ。あんたとは魂で結びついてるんだから。

いいかげん、わかったら？」

はっは！　と声に出して笑ってみせた。

「ただ単に、しゃべるのが億劫なだけじゃないのか？」

ニーナが堅雪を蹴った。細かい氷の粒が、エンスの脛《すね》に当たる。そう、彼女は外見とは裏腹に、気持ちに男っぽいところがある。芸を身につけた者特有の繊細さや感受性の豊かさをたくわえているのはもちろんなのだが、普通の女たちのようにのべつまくなしおしゃべりに興じることはあまりない。むしろ口数は少ない。力仕事も進んでやるし、汚いことも平気だし、汚れた服を着るのにも、山道をえんえんと歩くのにも、抵抗はない。普通の男たちよりも、連れて歩くのが楽なくらいだ。愚痴《ぐち》も言わないし。ただ一つ気をくばってやらなければならないのが、男同様の体力はない、ということだが、これは大昔、グラーコとつれだっていた時分の気遣いが身についているから大丈夫だ。

尾根の上に出た。青ブナが林立する獣の背骨にも似た上を歩いていくうちに、うっすらと汗ばんでくる。木々の根元では雪がとけて穴があき、あたりには青ブナの芽を包んでいた皮が赤い星のようにちらばっている。重さをもちはじめた大気は生あたたかく、どこか遠くの山稜で嵐のはじまりの風が吹きだすのが聞こえてきた。

エンスは後ろをふりかえりふりかえり、急いだ。木立は次第にまばらになり、灰色の空がどんどん落ちかかってくる。ニーナは歯をくいしばってついてくる。遅れること二馬身。踊り手として鍛《きた》えているだけある。

やがて、もう一つの尾根とつながる鞍部に出ると、その先は急斜面となって一筋の川を抱く谷に落ちこんでいた。谷の東側には豊かな雑木林があり、そのあいだに、もくもくと煙を吐きだしている十数本の煙突が見え隠れしている
隣に並んで息をはずませているニーナと一緒に、しばらくその小さな村をながめた。

「……村……？」

「〈エンス村〉だ」

ニーナはきらっと黒い目をひらめかせ、何それ、と笑った。

「あんたの名前がついている？」

「そうだ。あれはおれの村。あそこで一日か二日厄介になれば、嵐もすぎていくだろう」

背後で枝がぴしり、と音をたて、突風が一陣、渡っていった。斜面をすべるようにおりはじめたエンスに、ニーナが問いかけた。

「おれの村って、どういうこと？」

「気をつけろ。転がったら死ぬぞ。ゆっくりでいいからな」

急斜面にへばりついている雪は、陽にさらされてとけたあと夜の寒さで凍っており、はじめは両足を踏んばっておりていたエンスも、尻餅をついたのを機に、そのまま橇《そり》すべりさながらに、踵《かかと》を立てて雪を蹴散らしながらおりていった。下まであと数馬身というあたりでようやく

停止したその背中に、ニーナのかんじきを履いた両足がぶつかってきた。彼女はそのままエンスの首にだきつき、にゃあだかひゃあだか悲鳴まじりの安堵の溜息をついた。そしてそれはすぐに、くすくす笑いに変わって、

「おもしろかったあ！」

と子どものような歓声。まったく、変な女だ。

立ちあがろうとしたエンスの首を、彼女の両腕がひき戻した。

「ねえ、おれの村って、どういうこと？　あんた、故郷はサンサンディアだって、言ったじゃない」

軽く尻餅をついたエンスは、小さな呻《うめ》きをもらした。しかし彼女はそんな訴えには耳を貸さない。首にまわした腕をさらにしめつけて、どういうこと？　と再び問う。

「こら、放してくれ」

「教えるまで放さない」

調子にのって自分の頬をエンスの頬にくっつけてくる。

「わかった、わかった。教えるから。尻に水がしみてきた」

彼女のやわらかさを内心楽しみながらそう言うと、ようやく解放された。ざらめ雪を払い、再び斜面を進みながら説明する。

「おれは魔道師で、見た目よりずっと年をくっている、それは話したな？」

「うん、聞いた」

「ずっと昔、ここには二軒の家しかなかった。住んでいたのは毛皮猟師の二家族だった」

「ずっと昔って、あんたがまだ若かったころってこと？」

「まあ……今よりは、そうだな。若かった、だろうな」

「……それで？」

「こんな山奥に住む連中は、ふらっとやってきた客を大歓迎する。おれは貴重な働き手で、片方の家の一人娘の婿にはぴったりだった。タリャラは二十五、行き遅れの年だったがそれでもおれよりはるかに年下だった。そう美人でもなくちょっと偏屈で人にも自分にも厳しい女だったが、働き者でな」

エンスはニーナに手をさしだした。最後の坂を彼女はエンスの腕につかまって、ぴょん、とはねおりた。

「うん、偏屈なところは少しおまえに似ているか」

「そのタリャラって人と、結婚しているの？」

ニーナの眉がつりあがった。その刺々しい声音に笑顔で応える。

「大昔だ、ニーナ。……もう、二百年も前のことさ」

ニーナの目が円くなった。笑いをさらに深くして、エンスはうなずく。

「タリャラも、子どもたちも、孫たちも、今はもう墓の中だ」

ニーナはエンスの腕をぎゅっと握った。

と言いさして口を閉じる。いっときの沈黙のあいだを風が吹きぬけていく。余計なことを言わないニーナに心の中で感謝しながら、再び歩みはじめた。長年共に暮らした者たち、あとから生まれた者たちが皆、月日にさらわれて、先に逝く。ニーナは、おいていかれる気分はどんなだ、などとは問わない。不用意な慰めの言葉が、むしろ傷を深くするということも知っている。それは、地方地方をまわり、さまざまな人々のあいだを渡り歩いてきて、他人には言いがたい経験をし、痛みを味わってきたゆえんだろう。

川にそってしばらく行くと、吊り橋があった。蔦《つた》や蔓《つる》を編んで太いロープを作り、それを渡して橋にするやり方は、エンスが教えた。十年に一度、村中総出で作りなおす。そうしたことをニーナに話しながら川を渡りきると、客が来たことに目ざとく気づいた村人が、用心深く家々から出てきたところだった。

彼らが近づいてくるのを、エンスの隣に立ったニーナがしばらく観察してから、ぼそっと言った。

「ねえ、彼ら、みんなあんたにどこかしら似ているね」

エンスはにやりとした。それから、村長とおぼしい四十がらみの大柄な男にむかって、両腕を広げて敵意のないことを示しながら、朗らかに叫んだ。

「嵐が来そうなんでな。昔この村に泊めてもらったことを思いだした。寄せてくれるかな？」

村長はじろじろと二人をながめた末に、怪しい者ではなさそうだと判断したらしい。手で招き入れるそぶりをして踵《きびす》をかえし、先にたった。エンスたちは他の村人たちの物珍しげな視線を浴びながら、木立の中の大きな農家へとむかった。風は枝をしならせて吹いていく。皆、身をこごめて速足になった。

「数回、ここを訪れたことがある」

ニーナに説明した。

「前回は六十年も前だ」

おそらく彼のことを覚えている者はもういないだろう。前を行く村長だって、彼の曾々々孫くらいだ。だが、さっきニーナが言ったように、血は確かにつながっているらしい。村長の歩き方は親父のとそっくりだったし、エンスを見あげてはにかむように笑った少年の額の生え際など、母のものと同じだった。父も母も何百年も前に亡くなっているのに、ここに彼らが存在した証がある、とあらためて思ったとたん、胸が熱くなった。リコが始終目をうるませ、洟《はな》をすすっていたことがよみがえり、内心苦笑いした。

おれも年をとったかな。

えい、どうも、最近は年のことばかり考える。これはいけない。気持ちが沈んでしまっては、どうもいけない。

この村で嵐をやりすごすあいだ、年のことは考えるまい、と決心した。炉辺の語りと食事と酒をただ楽しみ、ニーナの明るい歌声を聴いてすごそう。余計なことは考えまい。

農家の扉がひらいた。暗闇の奥で、炉の火がひときわ明々と燃えていた。

魔道師の憂鬱《ゆううつ》

Wandering in the Starlight

帝国暦　一七八八年頃

1

あまりに長い年月、あちこちをさまよい歩き、さまざまなものを目にしすぎた。この世のありとあらゆることを経験したと思っていた。三百年以上生きてくると、さすがに生きることそのものに飽いてくる。しかし、他の魔道師どもはどうなのだろう。はたから見ていると、連中はどこまでも生にしがみついているように見える。連中の、脂浮きしたぎらつく欲望に呆れると同時に、よくも涸れないものだと感心さえする。

ナランナ州の海岸の町ナーナに行きついたとき、まだ若いニーナが一緒だった。齢《よわい》三百五十八歳のテイクオクの魔道師の見た目は、まだ四十をこしたくらい。少しくたびれたおじさんである。若い女の想い人には、絶対に見えない。

百年前だったら、ためらうことなく彼女をうけいれただろう。喜んで抱きしめてすぐに寝室にとびこんだだろう。だが、今は。

あまりにも多くの死を見すぎてきた。人々の生はただおれのそばをとおりすぎていくだけだった。あれほど熱かったおれの血も心も、さすがにこの頃では氷河なみのゆっくりした流れにとどこおってきてしまっている。何にも驚かず、喜ばず、楽しみもなく、あるのはただ、むなしさと哀しさだけ。あとは何も感じない。

ここに至るまでに何度か彼女を拒んだこともあった。投げつけた言葉には、かなり厳しいものもあったはずだ。普通の若い女なら、ひどく傷つき、怒り、踵をかえして二度と戻ってこない。しかしニーナは——人一倍傷つきやすいくせに——二、三日すると目蓋《まぶた》をはらしながらも、笑みを浮かべて、おれの腕にまたしがみついてくるのだった。そうなると、もう、ふり払うことなどできないではないか。いくら非情な魔道師でも。

ナーナの町では、安宿の部屋で、酒をなめながら上弦の月に照らされた海をながめていた。灯りもつけず、ぎしぎしいう窓辺によりかかって、ほのかな銀に輝く水面を堪能していた。幾千回見ても飽きないのは、自然の造りだすこうした景色だな、などと考えていると、扉がそっとあいた。踊り子の軽い足音が近づいてくる。おれは一つしかない杯に酒を注ぎ、窓辺においた。ニーナはそばに座りこみ、杯を傾け、舌を出してうええ、と呻《うめ》いた。

「何、これ」

「アラビン酒という、このあたりの名産品だぞ」

ニーナは杯をおしかえしてよこした。

「よくこんなもの、呑めるね」

おれはにやりとした。彼女のこうした率直さが心地好い。

ニーナはしばらく黙って海をながめていたが、やがて、ねえ、とつぶやいた。

「前から考えていたんだけれど……」

言いよどんでから、また口をひらく。

「このナランナ海のむこうに、パドゥキアがあるんだよね」

「ああ……。ファナク国を横断した先に、な」

「エンス、行ったことないでしょ？」

「さすがに行ったことはないな……」

「あのさ……あんたが持っているグラーコさんの書きつけね……」

「うん……？」

「もう、本当にぼろぼろになっているじゃない。あれを、ちゃんと装丁してもらうっていうのはどう？　きれいに修繕してもらってから。……パドゥキアで」

おれはびっくりしてニーナを見かえした。

「パドゥキアなら、腕のいい製本師がいっぱいいるでしょ？　コンスルじゃ、もう、そうしたことはできそうもないし。行ってみない?」

コンスル帝国は春先の流氷さながらに砕け散っていた。海に漂いだした氷片と化して、帝国の残像もとけて流れてあとかたもなくなりそうだった。街道は草生《くさむ》して盗賊が跋扈《ばっこ》し、その盗賊どもといえば、価値のなくなった銀貨銅貨はもちろんのこと、貴金属や宝石類をも顧《かえり》みることはなく、狙うのは食料や毛布や衣服、日用品という有様。そうした中でかろうじて息づいているのは、自給自足の村々や、辺境の町々だけだった。

ナーナもそうした町の一つで、ナランナ海を通じて他国から入ってくる物資に支えられて、なんとか保っている。こうした状況では、写本や製本など、望むべくもない。

リコの遺した羊皮紙の束は、年月を経てごわごわになり、あちこち破れ、すり減り、黴《かび》も浮いている。それでも捨てる気にならないのは、リコの記した内容を捨て去るわけにはいかないと決心していたからだ。おれの魔法の記録もさることながら、植物や鉱物の記録、薬草の特徴や有用性をことこまかにしたためたものなど、いっぱしの観察者の記録としての価値がある。冊子としてまとめたらとは前々から思っていたことだが——。

「パドゥキアか……」

写本ならパドゥキア、と評判は高い。修繕や製本といった技術もあてにできそうだった。おれの中でかたまっていた年月がちょっと動いた。帝国中を流浪してきた身ではあれど、他国に足を踏み入れたことはなかった。

「ナランナ海を横断して行くとなると……」

とつぶやくと、ニーナがうん、うん、とうなずいた。

「ファナクの北端の街道を使って……」

「うん、うん」

「パドゥキアに入れるだろうな。馬で行けば、五日くらいでパドゥキアの都につくだろう」

「決まった！」

晴れやかにニーナは両手を打ちあわせた。

「明日の早朝に乗せてくれる船があるよ！　銀鉱石の貿易船で、ファナクまでまっすぐに行くんだって！　他にもお客がいるから安心だよ！」

おれは軽く頭をひっぱたかれたように、目眩《めまい》を感じた。

「ニーナ……？」

「ね？　じゃ、明日ね！　呑みすぎてひっくりかえったりしていないでね！」

事態の展開に頭が追いついていかないのは、やはり年のせいか、それともこごった心のせいか。くらくらしているあいだに、ニーナは飛び跳ねるように床を渡って自分の部屋に帰っていく。

静かに扉がしまり、海に照る月光の反映が部屋に波模様を描きだした。おれは杯をにぎりしめたまま、目をしばたたいていた。なんだ、この急展開は。知らないうちに船に乗せられて渦巻く荒海に放りこまれたような心地だ。ちょっと待て、ちょっと待て。引きずられていくのは気にくわない。冒険をする年ではない。待て待て待て。

2

ナーナから三日で、ファナクの西端の、あと一歩でパドゥキアというところまで来ていた（結局、ニーナにおしきられる形で海を渡ってしまったぞ）。そこは埃《ほこり》っぽい大きな町で、建物はどれも砂岩でできており、おれに言わせれば雨がふったらたちまち屋根に穴があく代物だったが、宿の主人曰く、雨などふらない、ふってもほんの少しだと言う。その主人はかたことのコンスル語で、さらに忠告を三つ四つしてくれた。

「ここから先は砂漠、馬はだめだめ。〈星読み〉を雇うか、隊商にくっついていくか。でないと、死ぬ死ぬ。服も買いかえていく。水袋、たくさん持っていく。市場に行って、しゃべれる者、さがす。多分、さがす」

幾多の経験の中に、砂漠を旅することは含まれていなかった。さらに、初体験の事項については、現地の人の忠告をしっかり聞いた方がいいという経験を山ほどしていたので、おれたちはさっそく夕刻の市場に出かけた。

市場というと、露店や天幕、屋台といった光景が頭にあったが、この埃の町のそれは、百余りの柵囲いの中に山羊や羊、駱駝《らくだ》がたたずみ、荷物籠や羊革の水袋が地べたに転がり、ハロブという常緑樹の枝という枝に、売り物の布や服や絨毯《じゅうたん》や天幕の材料がひっかけられているというものだった。

地平線に落ちかかっている夕陽ですべてが茜《あかね》色に染まっており、乾いた風がゆっくりと渦をまいて次々に吹きすぎていく。かすかな焦げ臭さが漂っているのは、日中陽にあたためられた砂か、埃か。野良犬があちこちをうろつき、篝火《かがりび》の準備をしている市場の役人にときどき蹴飛ばされている。羊たちはおしあいへしあいしたり、じっと立ちつくしたり、一方駱駝どもは唾をとばしたりくちゃくちゃ口を動かしたり、ぎょっとするような鳴き声をあげたりしている。

足元も隠れるほどの長衣を着た男たちは皆、腰帯に剣をたばさんでいる。頭には長い布を巻いたり、ふちなしの帽子をかぶったり。そうした意匠にはすべて鮮やかな刺繡《ししゅう》が施《ほどこ》され、胸には幾重もの金鎖が下げられている。

深い眼窩《がんか》、頰髭、顎髭、おいそれと心の内をあらわにしない目には、はっとさせられる。誰もが碧《みどり》か鮮緑の瞳をしているのだ。それはまさに、乾ききった大地で見つけた泉のよう。柵囲いのそばに立って羊を指さしながら、ああだこうだと言いあっているのは、商談なのだろう。その口調は低く穏やかで、ゆっくりしている。

おれとニーナは、ハロブの木に近よっていった。宿の主人に教えられた科白を口にしたあと、ほしいものを指さして何度か身ぶり手ぶりでやりとりし、砂漠の旅にふさわしい衣装を手に入れた。コンスルの銅貨が使えたことに感激しながら、西へ行く隊商を知らないかと聞くと、彼は市の奥にかたまっている小屋めいた建物の一つを示した。

身の丈ほどの灌木《かんぼく》と灌木のあいだに古い帆布をかけわたした、小屋というより雑把なつくりの天幕が十余り並んでいて、小卓と床几と竈《かまど》が土間にしつらえてあり、幾人かの客がそこで飲み食いしていた。どうやら衣装売りはまちがった場所を教えてくれたものらしい、と踵《きびす》をかえしかけたおれの腕をニーナがおしとどめた。彼女はむきだしの肩をちょっとゆすってから声高に尋ねた。

「誰か、コンスル語がわかる人、いる？　助けてほしいんだけど」

いつもの話し声ではなく、歌うときの声に近い。そのつややかさに、男たちはぴたりと動きを止め、竈の火のはじける音がはっきり聞こえるほど、あたりはしんとなった。

ニーナは商売用の愛想笑いを浮かべて、もう一度肩をゆすってみせた。ぞろぞろと男たちが天幕から這いだしてきて、周りに輪をつくった。それでも彼女に触れようとしないのは、おれが歯をむく野良犬のように毛を逆だてていたからか。

「コンスル語、誰かさん、うまく掃ける。誰かさん、誰かさん」

と一人が自分の胸を指して訴えた。気にくわない。自分のことを誰かさん、などと言い、しゃべれるが掃ける、に訳されたら、りんごが不老不死の桃になり、山賊が水辺の石ころになってしまいそうだった。おれは野良犬らしく唸った。やつはあきらめずになおも自分を指さして、誰かさん、をくりかえした。

「他にいないんなら、しょうがないよね」

ニーナがおれをなだめるように仰向いた。そのとき、人垣が割れて、十三、四の子どもが姿をあらわした。全身黒ずくめだ。頭を長頭巾《ずきん》ですっぽりとおおい、爪先まで黒くゆったりした長衣を着ている。子どもだと判じたのは、低い背丈と、「わたし、話せます」と名乗りをあげた声のせいだった。「誰かさん」よりははるかにまし、と思えたが、子どもとは。再び、おれは唸ったが、さっきよりいささか控えめだった。

「わたし、〈星読み〉、砂漠の案内人です。これまで十回近く、コンスルから来た人たちを案内してきました。この前も、コンスルのおじいさんをバダ族の野営地まで連れていってきました。おじいさん、コンスル語の練習相手にもなってくれて、わたし、大分上手です。お客さんたちも、西に行くなら、わたしが案内します」

「パドゥキアの都まで行きたいのだけれど」

「わたしの家、パドゥキアの近くです。ちょうどいいです。久しぶりに帰れます」

ニーナはにっこり笑って腕を出した。

「あたしはニーナ。こっちはエンス。よろしく！」

少女はコンスル風のあいさつを知っていた。自分の腕を出して肘の下を握りあうと、

「シンドヤと言います」

と名乗った。輪をつくっていた男たちはぶつぶつ言いながら天幕にひっこんでいった。おれは

剣の柄《つか》にかけていた手をようやくおろした。ちょうどそのとき、陽が沈みきって、あたりはあっというまに暗くなった。篝火の赤だけがうかびあがっている。

シンドヤはそのまま一緒についてくることになった。闇がおちても、市場にはまだ人々が出入りしていた。夜遅くまで商売はつづくのだと言う。この埃の町が、砂漠への入口であり、最初のオアシスにたどりつくまでの最後の補給所だから、とシンドヤは説明した。コンスルの爺様から教えなおしてもらった彼女のコンスル語は、考え考え発せられるゆっくりしたものだったが、日常のことを説明するのには少しも支障がなく、宿の主人とかけあって、いい食事と清潔な部屋を用意してくれたのだった。

上から下まで黒ずくめの服装について、ニーナが質問すると、砂漠の熱と寒さと砂と風から身を護《まも》るためだと言った。

「あなたたちが今日買った服では、砂漠をのりきることは無理です。明日、買いなおしましょう。それから、わたしの持っている駱駝を四頭お貸しします。これは別料金です。本当は、盗賊よけに、あと一人か二人、護衛を雇えればいいんですが。——それか隊商を一つ見つけて、一緒に行くか——」

「それは大丈夫よ」

ニーナがさえぎり、おれもうなずいた。

「そっちは任せろ」

剣の柄を叩くと、シンドヤは一瞬黙った。おそらく、一人では無理だと言いたかったのだろうが、このしっかりした少女は余計なことは言わなかった。

翌朝、彼女の駱駝が連れてこられると、おれはまず、気性の荒さをなだめるリボンを一頭一頭のたてがみに編みこんだ。シンドヤは、黄色、緑、青、赤の鮮やかな編み込みとおれとを、交互に見比べて目をみはった。図体の大きいがさつそうなおじさんのなせる業とは信じられなかったらしい。

それからリコの書きつけをめくって、災難よけと盗賊よけと道中の安全を保つための紐の結び方を確認し、複雑な結び目をもった首飾りを三つ作った。これには午前中いっぱいかかったが、ニーナとシンドヤはその間、駱駝に積む荷物の手配におわれていた。

午後になってすべての用意が整い、首飾りも三人の首におさまった。砂漠用のやたらに丈の長いゆったりした服に着がえ、早めの夕食をすませ、頭から首の後ろまで遮光《しゃこう》するツルというかぶり物のかぶり方を宿の主人にならった。

シンドヤが出発をうながしたのは、太陽が地平線に半分身を浸したときだった。駱駝にまたがり、コンスル人の奇妙な二人組を興味津々に見送る人々の視線を感じながら砂漠へと踏みだす。西の空高くに、金色《こんじき》の一番星が早くも輝いていた。

シンドヤがふりむいて目尻を下げた。

「あれは〈女王の黄金〉です。あれを正面に見て、しばらく進んでいきます」

太陽の熱は昼間ほど強烈ではなくなっていたが、砂からたちのぼる熱と西から吹きつける風が辛かった。さらに、脛《すね》にまとわりつく衣服がうっとうしかった。

ところが、半刻も進まないうちに太陽が沈んだ。するとあたりはたちまち冷えてきた。かさばる衣服とかぶり物が身体を護り、おれはぬぎすててしまおうと考えていたことを反省した。

頭上にはこれまで見たことがない数の星々がおしあいへしあいして輝いていた。数呼吸見あげていると、くらくらと目眩がした。

先頭を行くシンドヤの駱駝も、二番手のニーナの後ろ姿も、ほのかな星明かりで青灰色に染まっている。砂の斜面の反対側には暗い灰色の影ができている。見はるかすと、そうした影が大地に三角のまだら模様をつくっている。

大気は昼の砂の匂いと夜の星の匂いがまじりあって、聞こえるのは駱駝のしわぶきと足音だけだった。

シンドヤは、たくさんありすぎて、どれがどの星だかわからなくなるのではというおれの心配をよそに、ゆっくりと着実に歩を進めていった。負担を軽くするためにときおり駱駝を降りて手綱を引いて歩く。やがて腰をおろして水を飲み、バフルの葉を嚙む。さわやかな苦味と鼻にとおる香りで気分がしゃっきりすると、再び駱駝にまたがって、背中に半月を背負い、真夜中を追いかけていく。そのくりかえし。

「疲れる前に休憩をとるのが利口なやり方なんです」

と彼女は旅のこつを語り、

「〈女神の黄金〉はもうとっくに沈んでしまいました。わたしが今目あてにしているのはほら、あの星座、〈王の剣〉です」

と指をさす。わかるでしょ、と問われて、おれとニーナは曖昧にああ、とかうむ、とか返事をするが、見きわめることなどできない。

「物心つく頃から、わたしは母に連れられて旅をし、星を読む訓練をしてきたのです」

来し方に曙光《しょこう》が射しそめると、砂丘の陰に駱駝を座らせ、荷物をおろし、火を焚きながら彼女は言う。

「母も〈星読み〉です。わたしたち一族の女たちは全員、〈星読み〉です。わたしが独り立ちしたのは、十歳のときです」

熱い香茶は甘かった。普段であれば、眉をひそめるこの飲み物が、明け方の砂漠の中ではありがたいほどにうまかった。かたく焼きしめたパンとあぶった乾燥肉、香草と豆のスープでさらに身体があたたまったところで、木の柱を四本立て、斜めに天幕を張った寝床で休んだ。やがて陽が昇り、あたりには熱の幕がかぶせられたが、おれたちは天幕の陰でぐっすり熟睡し、目覚めれば夕刻を迎えていた。

このようにしてくりかえしの日々がすぎていった。砂が身体中に入りこむのと同時に、砂漠に生きることも身体中にしみていくようだった。

五日め、明け方となったにもかかわらず、シンドヤは駱駝を止めようとしなかった。もう休む場所の準備をしないとそのうち焼きエンスができあがるぞ、と独りごちたとき、彼女の叫びが響きわたった。その響きがまだ大空にこだましているうちに、彼女は駱駝を走らせはじめ、おれたちもあわてて追いかけた。

揺れる視界の先に、何やら緑のものが見えてきた。砂漠の一日は決まりきっていて無味乾燥、と人々は思いがちだ。おれもそうだった。だが、たちまち黄金に染まる曙や、地中の熔岩を思わせる夕刻、月と星々とが綾なす夜、そして暑熱の真昼の青空と砂色でさえ、日々異なり、目に新しく、驚きと畏怖に満ちていた。それでも、そうした景色の中に突然鮮やかな緑があらわれるのは、うれしいものだった。

近づくにつれて砂山は後退していき、確かな足元があらわれた。ハロブの木々の生い茂る小さなオアシスが、迸るように流れていく二本の小川を抱いて待っていた。隊商がいくつかとどまっているらしく、村はずれの囲いにはたくさんの駱駝がおさめられていた。

木陰に入ると、木の香りが乾いた神経を慰めてくれる。オアシスの子どもが片手をさしだしながら寄ってくるのへ、シンドヤはいくばくかを握らせて駱駝と荷物を預けた。おれたちも息をはずませながら地面に降り、手綱を渡した。

「〈カエルのオアシス〉です。ここまで来れば、あとは一日おきにオアシスがつづきますから安心です」

シンドヤはおれたちをふりかえってそう笑い、数軒ある家々のうちの一軒に案内した。家といっても、ハロブの幹を柱とし、ハロブの葉で屋根をふき、壁がわりには水辺からとってきた葦《あし》の一種のジンジン草の茎を編んだよしずを使っている。だが、中は冷んやりと涼しく、絨毯も敷きつめられ、クッションまでが大小とりまぜておいてあった。

〈星読み〉の仲間と休むというシンドヤは別宅へ行き、おれとニーナは久しぶりにバターをたっぷりぬりつけたパンといためた野菜と熱くて甘い香茶を朝食にふるまわれ、クッションを布団がわりにして大の字になって眠った。

その日一日と次の日、おれたちはオアシスにとどまった。隊商のいくつかが去っていき、また別の隊商がやってきた。おれとニーナは小川に足を浸したり、ジンジン草の茎を折って葦笛を鳴らしたりして、ゆっくりと休んだ。〈カエルのオアシス〉だけあって、水辺には実にさまざまな種類のカエルが生息していた。青ガエルやイボガエル、ウシガエルまで見かけた。ニーナは小さくて緑色をした何匹かを腕に這わせて遊んでいたが、やがて胸元から腹におとしこみ、

「冷たくて気持ちいい」

と喜んでいた。まったく、変な女だ。カエルになりたい男がたくさんいるだろうに、と苦笑いすると、真顔で、

「他の男はいらない。あんたがカエルになってくれればそれでいいよ」

と答えたのには閉口した。だがそのとき、胸の底の方で、長いこと忘れていた喜びの火花のよ

うなものが、ぱち、ぱち、とはじけた。いかにもおざなりなお愛想めいたはじけ方だったが、それでも思わずにやりとした。ニーナはそれを見逃さなかった。細い手がのびてきておれの頬をつまんだ。

「そういう笑い方したの、すごく久しぶり」

「おっと。……そうか？」

「はじめて会ったとき、その笑いをあたしにくれたのよ」

とにっこりしてから、目の前で手をふり、

「このへんで、ぱんって何かがはじけたの」

「だからそれ以来、ついてきたのか？」

「そうよ。だから、どんなつまらない企みをめぐらせたって、離れないんだからね」

これまでなら溜息をついて下をむくおれだったが、砂漠を渡ってオアシスにたどりついたことが、心の中の何かを刺激したらしい。木の葉のさやぐ空を見あげたとたん、自然に笑い声が口からとびだしていた。ニーナも、さもうれしそうに微笑んだ。それがおれにとってもまたうれしくて、再び声をあげて笑った。

彼女を抱きよせようか。わずかに躊躇《ちゅうちょ》した。

もし、そこへ、少年某《なにがし》があらわれなければ、抱きよせていたにちがいない。

八つくらいの少年が、遠慮も会釈もなくじゃぶじゃぶと水音をたてておれたちの目の前を横切り、ジンジン草が茂っている浅瀬に踏みこんでいった。腰には小さな素焼きの壺をくくりつけている。どう見ても木の実や塩を保存する壺だった。

おれはひそかに吐息をついた。その一方では興味をそそられ、少年某の背中に声をかけた。

「おい、何をするんだい？」

ジンジン草のあいだに身を起こした少年は、しかつめらしく唇に指を一本立てて、またすぐにかがみこんだ。おれとニーナは顔を見合わせた。木の葉のさやぎとせせらぎの音、むこうの岸辺ではカエルの鳴き声。

と、少年がようやく姿をあらわし、またじゃぶじゃぶと戻ってきた。

おれたちの前までやってくると、腰の壺を得意気に示した。

「どうだい。おいら、誰も考えなかったこと、考えついたんだぜ」

なんのことか、と眉をあげると、壺を軽く叩いて、

「こん中に、何を入れたと思う？」

さあ、わからん、とそっけなく答えるのに、ニーナがかぶせるように言った。

「なぁに？　何入れたの？」

そしておれの脇腹を肘でつつく。それでおれは、こうした小さい子を相手にするこつを思いだした。子どもを喜ばせることは紐結びの魔道師の仕事の一つだった。すっかり忘れていたぞ。

「ううむ、さしずめ、川原の宝石か？　きらきらした水晶を拾ったか？　それとも流れてきた

砂金かな?」

いかにも芝居がかったふうに身をのりだすと、ニーナが苦笑いした。しかし子どもはすっかり上気した顔で、勢いこんで言う。

「そんなもんじゃないよ! おいら、ヒムカエガエルを十四、つめこんだのさ!」

「ヒムカエガエル、だって?」

ちょうどそこへ、駱駝の世話人たちがぶらぶらと歩いてきた。一仕事終えて、涼をとりに小川にやってきたものらしい。

「ヒムカエガエルがどうしたって? ライダニ」

少年は観客が増えたのでますます鼻高々だ。

「うん、父ちゃん!」

と少年はそのうちの一人に叫ぶ。

「おいら、すごくいいことを考えたんだ! これまでだあれも考えつかなかったことだぜ! おいら、ヒムカエガエルをつかまえて、こん中に入れたのさ。こいつを隊商に売れば大もうけするぜ! なんたって珍しいヒムカエガエルだもん、高く売れるに決まってらあ!」

さすが、隊商の出入りするオアシスの息子だ。商魂たくましい、と感心していると、父ちゃんと呼ばれた三十がらみの髭面が、どれ、見せてみろと手をのばした。少年はなんの疑いもなく壺を吊っている紐を渡した。父親は、

「さわってみろ」

とわが子にうながす。他の男たちはにやにやして黙って見守っている。少年は壺に手のひらを当て、とたんに、あちっ、と悲鳴をあげた。水の中にとびすさったその頭をとおりこして、壺が飛んでいく。

「何すんだ、父ちゃん！」

少年の声は、川の中ほどでおきた爆発にかき消された。おれは、猫じゃらしを追う猫のように壺の軌跡を目で追っていたのだが、そいつが放物線の頂点までのぼりきったその瞬間に、まっ赤になって内側から破裂し、炎が円く噴きあがり、真紅に染まったカエルどもがとびだしてくるのを目にした。そいつらは爆風で四方八方へ飛びちり、水に入るとじゅうっといって白い湯気をあげた。

男たちは腹をかかえて大笑いし、少年はぽかんと口をあけて立ちすくむ。父親は水に入っていって頭を軽く数度叩いた。

「思いつきは良かったがな」

厳しい顔つきとは裏腹に、声はおもしろがっていた。

「売り払う前に、おまえの腰が焼けちまったら元も子もないだろ？　ん？」

「ヒムカエガエルはジンジン草の水辺においとくに限るんだ、ライダニ」

父親の仕事仲間が朗らかに叫んだ。他の男たちはまだ笑いこけている。

「ということだ。火傷しなくて良かったな」

父親は少年の細い肩を抱くようにして水辺からあがり、母ちゃんが部屋の掃除をしろと怒っていたぞ、と尻を叩く。少年はあわてて駆けだしていった。それを見送る父親の背中を仲間たちが指さしてまた笑う。

「今の、どっかで見た景色だよなぁ！」

「なぁんか、親子でおんなじこと、してねぇかぁ！」

「あんとき、おまえ、あやうく駱駝を焼いちまうところだったよなぁ！」

「村中大騒ぎになったっけ！」

うるせぇ、と横目をくれたが、男たちはその背中を叩き、肩を抱き、ライダニには黙っててやるからおまえの客をゆずれだの、秘蔵の乳酒をふるまえだのと口々に勝手なことを言いながら戻っていった。

おれとニーナは彼らが遠ざかっていくのを聞きながら、しばらく川面を見つめていたが、やがて二人ほとんど同時に、

「ヒムカエガエル」

とつぶやいて、吹きだした。

あとで〈星読み〉のシンドヤに聞いた話では、ジンジン草の茂みに棲むヒムカエガエルは、水辺からひきはがされると身体の中から熱を発するということだった。燃えやすいものがそば

にあればたちまち引火する。壺という密閉空間に十四もおしこんだら、当然破裂するらしい。

「ヒムカエガエルは百年に一度、ジンジン草から土の上に出てくるって長老が話してくれましたよ。そのときは、村中ぼや騒ぎがつづくんですって。でもね、そういうときは洪水の前ぶれなんですって」

「砂漠で、洪水!?」

「地下からわいてくる流れが突然増水して、このあたり一帯水浸しになるそうです。でもそれで、ぼやは消えるし、緑が増えるし、古くなった家の建てかえの時期だって、笑っていましたよ」

なんとまあ、とおれは大きな吐息をついた。オアシスの民のおおらかさ、前向きな考え方であることよ!

その日の夕刻、おれたちは再び砂漠に踏みだした。東の地平線に、白く乾いた貝殻のような満月に近い月が昇ってきていた。おれは駱駝の上でオアシスをふりかえり、ヒムカエガエルと少年のことを思ってにやりとした。それは、日々せわしない大きな町ではささいな出来事であるだろう。しかし、オアシスの中では珠玉のような楽しい語り草となって残るにちがいない。

おれはそうした小さな笑いを、いつのまにか忘れていたのだな、と自身を顧みていた。年月を経ると、人間らしさがすり減っていくのだと。そうしたときに残るのはなんだろう、と歩を進めながら考えた。しばらく行ったときに、答えが胸の中に生まれてきた。

そうしたときに魔道師に残るのは人間のぬけがら、あの月にも似た白い骨だ。つまりは——魔道師は化け物になる。

そうか。そういうことか。

おれはゆったりと揺れながら、乾いた砂の匂いを呼吸した。思考は足元の砂同様に、一箇所にとどまらずに流れていく。

化け物が大勢いる、ということだな、とぼんやりと思った。あっちにもこっちにも。はてさて、大変なことだ……。

そうつぶやきながらも、なんとなく愉快になってきていた。おお、何年ぶりだろうか、こんな感覚は。こそばゆい小さな楽しさだが、それを感じていること自体がうれしかった。

3

満月をはさんだ三日のあいだ、オアシスからオアシスへと渡った。声高らかに自己主張する月のせいでろくに星の見えないあいだも、〈星読み〉は、少しも動じることなくおれたちを導いた。身体に深く根を下ろした感覚で、進路がわかるのだという。

とあるオアシスに寄った翌日、砂の中で目覚めると、頭上高くで珍しく鳥が鳴いていた。一所《ひと》にとどまってかしましくさえずるのは、どう考えても雲雀《ひばり》だった。シンドヤは陽光の下に立って、じっとその鳥を凝視していたが、長衣の裾を翻《ひるがえ》して戻ってくると、

「今日は少し早いですが、出立します」

と断言した。なぜ、と目顔で尋ねたおれたちに、彼女にしては珍しく切羽詰まった口調で、

「シンキロウヒバリが鳴いています。あれが頭の上で鳴くのは、わたしたちに悪さをするためなんです。明るいうちにできるだけ離れないと」

砂漠行では、彼女の忠告に従うのが一番だと信じているおれたちは、あたふたと身じまいして荷物をまとめた。

「なんだ、悪い鳥なのか？」

とおれが駱駝の腹帯をしめながら聞き、

「いたずらものなの？」

とニーナが頭かぶりを直しながら聞く。

「鳥に悪意があるかどうかは、鳥に聞いてみなければわかりません」

シンドヤはそう言うなり、またがった駱駝を立たせた。おれたちもあわててそのあとを追ったので、それが冗談なのかどうか、確かめるすべはなかった。

シンドヤは、暑熱の砂漠を今までにない速さで急がせた。おれたちは額から流れる汗を防ぎ、陽光で痛めないために、目をできるだけ細めてついていった。シンキロウヒバリの鳴き声は、何もない大地の遠くまで響きわたり、夕陽の光が消え去る頃までつづいていた。

遅い十七夜の月がもったいぶってあらわれた頃、シンドヤは砂丘を背にして野営地をつくり、おれたち三人の足を縄でつないだ。

「この世のものではないものがやってきます。でも、それらはすべて、シンキロウヒバリがおこした幻です」

そういうことなら、とおれは縄を結びなおした。悪意と災難よけの呪《まじな》いをかけて。効くかどうかは、鳥の魔法が強いか、おれの魔法が強いかにかかっている。鳥ごときに負けるとは思っていなかったが。

焚き火を前に三人並んで腰をおろし、前のオアシスで分けてもらった発酵茶シィフィをすすった。身体があたたまり、日中の疲れもあって眠りにおちた。

すぐに夢がやってきた。それは風邪で熱を出したときに襲いかかってくる、脈絡のない、しかしはてしないおどろおどろしい断片と同じ種類のものだった。

リコの笑い声が聞こえた。かと思うと、昔日《せきじつ》の妻の嘆きにとってかわった。次いで、獣の断末魔の叫びになった。鉈がふりおろされた。木の枝が切り落とされたあとに、狼の遠吠えがこだました。そのこだまに応えるように、地底から炎が噴きあがってきた。故郷の湖では、錦繡の山が歪み、足元の確かさを失ったかと思うや、水中に叩きこまれて溺れそうになった。水面は氷に閉ざされていた。出口が見つからず、息ができない。鳥のしわがれ声が水を切り裂き、吹雪の山頂にとりのこされて喘ぎ、敵に囲まれてひざまずいた。草の生えた誰もいない闘技場で、空が割れて落ちてくるのを、なすすべもなく見ていた。突風が吹いて嵐の海の船の上にさらわれ、必死に索綱《さくづな》にしがみつくと、帆柱が傾いてきた。それは途中から石の砦に変わり、次いで葦の家になり、腕にあたって黄金色の麦穂になった。闇の淵が大きく口をあけ、青白く細い女が長い指で招く。枯れ木がねじれて裂け、中から蛆虫《うじむし》が飛んでくる。稲光《いなびかり》が走り、七色に染まった油が大気に流れ、砂の中から無数の黒い手があらわれて足首をつかむ。大輪の真紅の花が狂った音程で弔いの歌をがなり、その茎を這いあがってきた蛇が人ほどもある蜘蛛《くも》の顎にかかってちぎれ、風を呼ぶ。遠くで荷車の音がし、近くでは人々のざわめきがする。没香の匂いが漂い、皮膚がひりひり痛み、腹の下に牙をもった百足《むかで》が、頭の上を飛ぶ。ヒムカエガエルがそここではね、火を噴く。酒席で老婆が笑い、その足元を流れる川が白い骨になって立ちあがり、おれを指さして嘲《あざけ》る。

「エンス、この馬鹿、いつまで愚図愚図《ぐずぐず》しているんだ！」

すっかり忘れはてていた父の声だ。おぼろな記憶だが、父の声だとわかった。

骨は指先から砕けて雪の結晶になり、おれの口を満たす。息ができなくなってもがくが、口の中の何かは粘りついてはがれない。叫ぼうにも叫べず、指でかきだそうにも指が動かず――、張りのあるつややかな歌声が、聞き覚えのある曲の一節を歌いはじめた。おれはぱっと目をさまし、咳きこみながらやっとのことで息をした。ニーナが涙を流し、身体をゆさぶりつつ空を仰いで歌っていた。〈明けの星の讃歌〉だ。彼女は両膝を立てた恰好で尻をついていた。シンドヤは半ば砂に埋もれるようにうつ伏せてもがいている。おれは四つん這いになってぼたぼたと汗を砂の上にこぼしていた。悪夢の残片が切れ切れに散っていく。東の空はうっすらと明るくなりはじめており、明けの星が薄茶に染まった中にかすんでいた。

三人をつないでいた縄紐はなぜかあちこちで焼け焦げており、ニーナの歌がもう少し遅かったなら護りの魔法は破られて、三人ともばらばらに夜の砂漠をさまよっていただろうと思われた。

その日中は、その場を動かず、天幕の下で心身を休めた。悪夢のあとの、こよなく気だるい半日だった。熱風をやりすごしながら、シンドヤは砂漠に語られる不思議をぽつぽつと教えてくれた。

「アマツユサソリというのがいます。猛毒をもった気性の荒い連中ですが、その体液は蜜のように甘いとか。巣を見つけるとサソリ狩り人が喜ぶんです」

とか、

「星の光を集める一族がいます。小さな長い容れ物に入れて持ち歩き、洞窟や地下の家の灯りに使うのだそうです」

とか、

「砂のかわりに黒い石に敷きつめられた谷があるといいます。誰もその場所を知りません。そこを歩くと、靴底はずたずたになるそうです。黒い石が鋭く尖っているせいで」

などなど。

砂漠の旅に出る前であったなら、鼻で笑っただろう。そんな不思議話は世界中どこにでもちらばっている、と。だが、実際に体験して感じとった今では、嘘や法螺《ほら》がすべてではないと思うようになっていた。あるいはすべてが真実かもしれぬ。三百年以上生きてきて、もはや知らないことなどないと信じていた傲慢さで、我知らずに心を鎧《よろ》っていたのかもしれない。

年をとると頑迷になるとは、このことかと納得した。大いなる反省をせねばなるまい。

それからまたしばらく、砂漠を渡っていった。過酷な旅と思われた道行きが身体になじんでいくに従って、無駄のない、必要なものだけの世界に変わっていった。

天上には星。地上には砂。そしてそのあいだにある三人と駱駝ども。世界は完全に閉じていて、充足している。満ちた何かと安らぎが共に歩む。寒さ暑さはごくごくあたりまえ。熱い香茶がありがたく、ときおりかわす言葉の一つ一つが珠玉のごとくに感じられ、敷物の上を這いずりまわる小さなサソリでさえ愛しいものになる。

ああ、この感覚を忘れていた、と天幕の陰に涼みながらつぶやいた。昔は枝にとまる雀《すずめ》の一羽にも目を細め、湖の水面近くを素早く泳ぎ去っていく水蛇にも共感したのではなかったか？昔は、本来のおれは、もっと朗らかで骨太な心をもっていたのではなかったか？

ある晩には、星一つ見えない暗闇を黙々と進んだ。背中に明け方の月が渋々昇ってわずかな光を行く手にもたらすまで、一言も口をきかず、それでも満ちたりた気分になっていた。また、ある晩には強い風で砂がまきあげられ、視界がきかなくなったので、駱駝同士をつないで進んだ。耳元を吹きすぎていく風も、顔を叩いていく砂粒も、おのれと等しく大地に属するものだった。

数日後、砂漠はなだらかな斜面を最後に、わずかな草と風に曲がった灌木の生える沙漠に場所を譲っていた。堅い地面を前方に示しながら、シンドヤがふりかえった。

「ここから先はバダ族の土地です。運が良ければ彼らの野営地に行きあたるでしょう。そうしたら、香辛料たっぷりの羊肉料理が食べられますよ！」

満ちたりていたとはいえ、うまそうな話を聞けば唾がわく。おれは笑い声をあげた。

「それなら、さっさと行こう！　この砂丘も名残おしいが、また違う場所も楽しみだ！」

速度をあげようとシンドヤが草茎の鞭をふりあげた。その鞭が砂煙にかすんだ。

直後に、足元が突如、定かではないものとなり、駱駝が傾いた。けたたましい悲鳴も、ふってくる大量の砂でくぐもって聞こえた。おれは投げだされまいと鞍にしがみついたが、駱駝はゆっくりと横だおしになっていった。

ほんの一呼吸のあいだのことだった。ときがひきのばされて、何もかもすべての動きが緩慢になった。鞍からはがされて空中を舞いながら、流砂にはまった、と思った。ニーナは無事か？　シンドヤはどこだ？

砂の上に右脇を下にして落ち、ごろごろと転がった。ありがたい。転がるということは、流砂ではないということだ。回転を利用してなんとか立ちあがった。すると、目の前に、赤銅色《しゃくどう》のぬめぬめした壁が聳《そび》えていた。

いや、壁ではない。動いている。生き物か。

観察している暇はない。砂の雨の中からなんとかもがきだしてきた駱駝の手綱をつかまえ、泡をとばして騒ぎ暴れるのを鎮めるのが先だった。ニーナ！　シンドヤ！　と叫びながら、手綱を力一杯ひっぱったが、すっかりおびえて怒り狂っている駱駝は、しばらくおれを引きずったあと、とうとうふりきって砂漠の方へと逃げていってしまった。こうなってしまっては仕方ない。それより、二人の安否を確かめるのが先だ。ふりむいた鼻先に、巨大な歯があった。手のひらくらいの大きさのが上下に二枚ずつ。威嚇《いかく》だろうか、がちがちと嚙みあわせて、そのたびに熱砂の臭いが風と一緒に吹きつけてくる。

こうした平らな前歯をしているものは、肉食ではない。少なくとも、好んで肉を食べる生物ではない。驚かさなければ——もう十分に驚いているようだが——襲ってはこないかもしれない。

おれはそろそろと後退った。何かが腕をぐいとひっぱったので、跳びあがりそうになった。シンドヤだった。

「スナオオトカゲです。話しかけられたらひどく面倒なことになります。ゆっくり、静かに、下がってください」

と彼女はささやいた。その後ろ二馬身のところでニーナが身体から砂をはたきおとしているのが目に入って、ほっと安堵の息を吐いた。

その吐息が悪かったのだろうか。なるほど、言われてみればトカゲの口、それがばくんと閉じて、おれの額をこづいた。軽い接触だったにもかかわらず一瞬、目蓋の奥で星が流れた。銀の星、赤の星、橙《だいだい》の星。その衝撃から立ちなおれずにいるうちに、声がした。

——まあ、座れ、東からの旅人よ。座ってわしと話をしよう。

それは、あとの二人にも聞こえたようだ。シンドヤはしまったと額をおさえ、ニーナは珍しいものに出会った子どもと同じ顔をした。

シンドヤはおれの腕をぽんぽんと叩き、ま、がんばって、と言いおいてニーナに合流した。駱駝の一頭は無事だったらしい。二人は獣を座らせると、自分たちもそのそばに腰をおろして、背中をあずけた。

夜はすっかり明けたものの、一晩中空をおおっていた上空の砂嵐はまだおさまらないようで、太陽の姿は認められなかった。暑くなってはきていたが、直射日光の下の砂丘ほどではなく、なんとか耐えられそうだった。

——座れ、北からの旅人よ。座れ。

頭の上で顎が上下するのでは、逃げようにも逃げられない。

「さっきは東といい、今は北という、どっちなんだ」

とぶつくさ言ってみた。

——東はどっちだ、青二才。北はどっちだ、ひねくれ爺《じじ》い。

お、やる気か。

胸のどこかがちりっと言い、おれはどさりと腰をすえ、大きな生き物を上目遣いに睨みつけた。剣の丁々発止はむろんのこと、言葉でのやりあいも、実に久しぶりだ。

「おまえは一体何者だ。人の駱駝をひっくりかえしちまって」

——わしは砂丘を母にもつ。わしは地下水脈と問答をする。わしは叫ばぬ。わしはつぶやく。

わしは嘆かぬ。わしは思いめぐらせる。岩を噛み砕き、星のめぐり陽のめぐりを養分に、月の誘いをときおりの憂さ晴らしに暮らす。わしを海豚《イルカ》と呼べ、爺さんよ。わしをハタネズミと呼べ、お若いの。

「よし、それならおぬしをハタネズミと呼ぼうじゃないか」

「お若いの」の方を選んでそう言うと、オオスナトカゲはまさにネズミの鳴き声で答えた。

——東から来た旅人というわけだな。だがそもそも、東とはなんだ、お若いの。

「お陽さんの昇ってくる方、月さんの昇ってくる方が東、と大昔から決まっている」

——一体誰がそう決めた。わしは頼んだ覚えはない。

なんて面倒なやつだ。というより、わざと面倒なことを言っているのか？　議論をふっかけようとしているのだろうか。そうであれば、むこうに主導権を握らせておくのははなはだおもしろくない。

「なあ、どうせならもっと大きいことを話そうじゃあないか。聞いたところでは、砂漠には砂のない不思議な場所もあるとか。すべて砕けた黒い石に敷きつめられて、歩く者の靴底を切り裂くとか。それは一体なぜなんだ？　どうしてそんなところがあるんだ？」

——それは砂漠になりかけている若い場所なのだ。もとは黒い岩山であった。それが風に切り刻まれて砕け、大地にちらばった。

「なら、もっと時がたてば、もっと細かく粉々になるってのか？」

――そう思う。

「そう思う、とはどういうことだ？　確信はないのか？　見たことはないのか？　想像するだけでは真実とは言えないぞ。おまえの欲するところは、真実か。それともそんじょそこらの輩《やから》と一緒で、ありもしない大袈裟《おおげさ》にかざりたてられた噂や流言を得ればそれで満足なのか？　ありもしないことをおもしろおかしくしゃべって楽しむんであれば、一人でやってくれ」

お、調子が出てきたぞ。おれだって、このくらいの攻撃的な物言いはできるのだ。

――渡り鳥がそう語った。風が自慢していった。地下水流もつぶやいていった。

「ほ、ほう。それはすべて伝聞じゃあないか。自分で確かめようとはしていないんだな。いいか、よく聞け。今までおまえに忠告した者などいないのだろうが、おれはあえて言わせてもらう。議論をふっかけて不思議の真実を知りたいと、そう思っているんなら、鳥や風や水に頼るな。旅人からしぼりとったものが真実だと思うな。真実とは、自身の目で見て肌で感じたことを言うんだ。だから自分で行って確かめてこい。東を決めたのが誰か、なんてつまらん難癖を忙しい旅人につける暇があるんなら、その大きい図体を動かして、本当に風が黒い岩を砕くのか、本当にそんな場所があるのか、さがしだせ。さがしあてたらじっくりと観察するがいいんだ。十年でも、二十年でも。どうせあんたは時間をもてあましているんだろうから、ちょうどいいだろうが」

オオスナトカゲはこんなことを言われるとは思ってもいなかったのだろう。口をぱくぱくと開閉して、しばらく言葉もないようだった。彼が新たな言葉を思いつくより先に、おれは剣をぬくと、それを平らにしてぴしゃりと鼻面を打った。

「ほら、行けよ！」

湯のわいた薬罐《やかん》がたてるような情けない音をたてて、オオスナトカゲは後退していった。一度ふりむこうとしたのをまた、ぴしゃりとやった。トカゲは渋々その巨体を砂山の中にもぐりこませていった。流砂めいた流れがしばらくつづいたが、少しずつのろくなっていき、やがて静かになった。

曇り空の下に、ぴくとも動かない砂丘と、三人の人間と駱駝だけが残った。

4

〈星読み〉シンドヤは、沙漠となった確かな大地に駱駝を駆けさせた。おれは予備の一頭にまたがり、心中激しくあのオオスナトカゲを罵《ののし》っていた。逃げた駱駝にはリコの羊皮紙が積んであったのだ。この、灌木と草と土埃だらけの広い平地のどこかで再び見つけることができなければ、一生あいつを呪ってやる、と思っていた。

しかしシンドヤは大地の上のかすかな痕跡を見ることに長《た》けていた。無人の荒地に枝先の折れた灌木や、駱駝の毛のからまった硬い草や、かき乱された土の跡を読みとって、彼女はどんどん駆けていった。おれとニーナは必死についていったので、耳元の風の音に紛れて犬の吠えたてるのを聞きとったときには、遊牧の民が羊を追っているそのただ中に乗りこんでしまっていた。

男たちが叫びかわしあっていると気づいた直後に、おれたちの駱駝の手綱は下からがっちりとおさえられ、深い眼窩の鋭い目に睨みつけられていた。

シンドヤが早口で叫んだ。おそらくこの遊牧の民の言葉なのだろう。一人の男と応酬していたが、おれを睨みつけていた男の瞳が次第にやわらかくなっていくのがわかった。事情を説明してくれたシンドヤのおかげで、遊牧地にずかずか入りこんだのはやむをえないことだったのだと理解してもらえたようだった。荒野に住む人々にとって駱駝は家畜の中で最も大切な財産、それがいなくなったのならこの無礼も仕方のないことだと、わかってくれた——のかどうか。シンドヤと話していた男が、叩きつけるような語調で、四つ五つの単語を叫んだ。すると手綱をおさえていた男が強引に駱駝をひっぱりはじめた。叱咤《しった》するような掛け声に、駱駝たちは渋々歩きだした。

シンドヤは鞍の上でふりかえり、

「この先すぐのところに、この人たちの野営地があるそうです。駱駝はそこにいるそうです。連れていってくれますから、彼らに任せてください」

と言った。おれの駱駝の手綱を握った男は、ふり仰いでにやりと笑い、何か長い一文を口にした。さっぱりわからなかったものの、お愛想に笑みを浮かべてうなずいてみせる。すると男は突然走りはじめ、おれはあやうく後ろにひっくりかえりそうになった。あわてて、止めろ、ゆっくり、と数回わめくと、ようやく普通の歩きに戻った。鞍にしがみついているおれの隣にはニーナの駱駝がのほほんと歩いており、ニーナがけたけたと笑った。

「見た目は厳《いか》ついけれど、お茶目な人たちみたいだね、エンス」

おれには笑いかえす余裕もなかった。

「この先すぐのところ」は、一刻余りも西に進んだところだった。ふりかえれば放牧の人々も羊も地平線にとうに隠れてしまっていた。わずかに傾斜の感じられる丘を登っておりきったところに彼らの野営地があった。

夕方の風に、羊革の屋根がはためいていた。古びた木の枝が柱がわりだ。風のとおり道をあけて柱の周りをぐるりと囲っているのも、羊革だった。赤や青の鮮やかな衣装をたなびかせて、女たちが立ち働くあいだを、小さい子どもたちが走りまわっている。彼らの歓声が風にさらわれて遠くまで聞こえてくる。炊《かし》きの匂いも漂ってきて、腹が鳴った。

近づくにつれて、そうした「家々」が十数棟建っているのがわかった。家の陰にまた別の家があって、すぐには見とおせなかったのだ。さらにその奥には石を積みあげて造った囲い地があり、駱駝が何頭か入れられていた。

シンドヤが駱駝を降りたので、おれとニーナもそれにならった。

「勝手に口をきかないでください」

とシンドヤは警告した。

「客人の待遇になるか、追いだされるかが、あなた方の態度で決まります。まずわたしが話しますから、おとなしくしていてくださいね」

今朝のオオスナトカゲの一件を根にもっているのか、とは思ったが、おれは素直にうなずいた。

シンドヤは自分の駱駝を導いた男とつれだって、村に入っていった。彼らが奥の方に消えてしばらくすると、風がやんだ。雲の上の陽は大きく傾いているのだろう、空は赤茶けた砂色に染まった。

ようやく奥からあらわれたシンドヤの隣には、杖をついた老人が立っていた。

「来ていいそうです！　駱駝をその人たちに預けて、ゆっくり歩いてきてください！」

まん中に大きな竈のある広場をつっ切って、彼らのそばまでゆっくりと行った。心得た男たちが駱駝を石の囲いの方へと連れていった。

老人は白い髭で顔中をおおっていた。おれたちを見るなり、ほう、ほう、と声をあげ、早口で何かを言った。シンドヤは、

「あなたたちを歓迎すると言っています。駱駝もちゃんと保護しています、と。それからもう一人、北から来た客人がいるそうです。仲良くしてほしいと言っています」

と説明した。老人が身ぶりで奥に誘った。おれたちは慎み深くあとについていく。どこからあらわれたのか、子どもたちが茸のように、びっしりと周りに群がる。

「この人たちはバダ族の一氏族です。わたしの遠い親戚にあたります。あのおじいさんは一族の長老で、皆が彼の言うことに従います。拓《ひら》けた心の持ち主なので、よほどのことがなければ怒りませんが、彼らの慣習や態度には敬意を払ってください。言葉は通じなくても、ふるまいで感じますからね」

わかった、とおれたちはうなずいた。リコの羊皮紙をかえしてもらえれば、それでいい。

その天幕は二十人ほどが腰をおろせるほどの広さで、絨毯が三枚重ねて敷いてあった。さらに羊毛で作った円座を三枚重ねたのが十個もしつらえてあり、長老は奥まった座に落ちついた。

その手前にもう一人の老人が座っていたが、こちらはおれたちと同じコンスル人と一目でわかった。砂漠の民と同じ長衣を着用しているものの、顔つきは精悍《せいかん》なバダ族とはまったく異なり、のほほんとした表情を浮かべている。やたら太い金の眉毛が鮮緑の両目の上にのっかっていて、豊かな髪がたんぽぽさながらに金色に揺れている。おれは、年をとった大型の犬を連想した。黄金の長い毛をふさふさとまとったご機嫌なやつ。

「ケルシュじゃ。このような場所で、奇遇であるな、お若いの」

おれは自分とニーナを紹介した。魔道師であることを黙っていようと思ったのに、ニーナが同郷人に会えて上っ調子になったのか、

「この人、見た目ほど若くないの」

と、口をすべらせた。

「ほ、ほう」

とケルシュはわずかに目をみはり、それはどういうことか、と無言の質問を投げかけてきたので、仕方なく、

「おれは魔道師なんだ。紐結びで魔法をおこなう」

と説明した。するとケルシュははたと膝を叩き、なるほど！　とうなずいた。

「奇遇に重ねて奇遇だな！　実はわしも魔道師じゃ！」

冗談かと思ったが、老人は懐《ふところ》から一冊の本を出し——本など見たのは何十年ぶりだろう——ひらいたところに指を当てて短い呪文を唱えた。たちまちに、天幕の数箇所にさしこまれていた夜光草がさらに明るく暖かい光を放ち、室内はまるで朝方のようにくっきりとものが見えるようになった。長老はうれしそうな笑い声をあげ、ちょうど入ってきた女たちが、持ってきた茶をあやうくこぼしそうになった。

思いだした！

「……ギデスディンの……ケルシュ殿……？」

エズキウムの四大魔道師として名を馳せている男だ。おれの倍は生きている。本を使った魔法では右に出る者はいない。

「……エズキウムの四大魔道師といえば、ずっと昔に、貴石占術師のカッシに会ったことがありましたよ。彼もずっと若い頃で……まだ指も十本そろっていました」

ふと思いだしたことを口にしてみると、ケルシュは太い眉をひくひくと動かして、いたずらっぽく片目をつぶった。

「ほほう、カッシと知り合いか。おぬしとではウマが合わなかったじゃろう」

「あいつとまともに意思の疎通のできるやつに会ってみたいもんです」

「あやつも年をとるにつれて、ますますわけのわからん男になっとる。居丈高で威張りん坊なのは相変わらず、それでいてひどく涙もろい。どこをさわると怒りだし、どこに触れると笑いだすのか皆目見当がつかん。それがおもしろくて、暇をもてあましたときなどには、いじってみたりもする」

そう言ってケルシュはくすくすと笑った。

その横顔をながめているうちに疑問が生じた。

「しかし、ケルシュ殿は、どうしてこのようなところに……？」

「おお、そのことか」

茶をすすりながら語ったところによると、彼もパドゥキアの写本工房を訪うつもりだそうな。ギデスディンの魔道師にとって、本は生命に等しい。本のための長旅もなんのそのだろう。

駱駝からおろされて届いた荷物が幕家の外に積みあげられたので、おれは、その中からリコの羊皮紙の袋をさがしだしてきた。本のことは本の魔道師に聞け、ということで、ケルシュに見せた。ギデスディンの魔法は本を使う魔法だ、したがってその魔道師も書物には詳しかろう。魔法に関することで心が浮きたつのも久しぶりだった。

「これはこれは。なんと。ふむ、ふむ」

ケルシュは一枚一枚を手に取って、

「……すばらしい記録じゃな。これ、この、マンネンロウの葉の一枚一枚が実に丁寧に写してある、おそらく大きさも寸分たがわぬのであろうな。ほ、ほう、こっちのキンレンカは珍種じゃ。知っておったか？　これを描いた御仁には、ちゃんとわかっておったようだぞ」

と、植物録に感嘆し、

「ふうむ。この魚は、見たことがない。オスゴス、というのか。サンサンディアの湖に生息する、と。ほほう」

と太い眉毛を寄せてしかめっ面をしたかと思うや、ぱっと喜びをおもてにあらわし、おれの肩をばんばんと叩きながら、

「いやあ！　おもしろいものを見せてもらった！　こんなにすばらしいものは、是非とも本にせねばなるまい！　この原本は原本として丁寧に製本し、もう一方で写本を作るとよろしい。一部二部では足りんぞ。それぞれに二十部ずつ。一部はわしにも分けてくれい。ああ、このテイクオクの魔法の記録はおぬしだけのものだとしても。弟子はおるのか？　なに、いない？いかん、いかん。弟子をちゃんと育てることもわれらの仕事ぞ。おのれ一人で充足するのは絶対によろしくない。……わしはそうした男を知っておる。すべてを独占しようとする魔道師は、人ではなくなる。……化け物に等しくなる。そういうのはいかん、いかん」

おれはどきりとした。ついこの前、そうしたことを考えたばかりだったから。

そこへ料理が運ばれてきたので、羊皮紙は大事に袋にしまった。羊肉の香草煮、子羊のあぶり焼き、羊乳で作ったチーズ、乳を発酵させた酒。どれも貴重なハレの日用の御馳走を、長老は惜しげもなくふるまった。仕事から帰ってきた男女がまざり、幕家からはみだす大宴会とな

った。笛や太鼓、ジタルという弦楽器が登場して、歌や踊りもはじまった。

大騒ぎの中、ケルシュはニーナをそばに呼び、いろいろと何やら聞いていたが、上機嫌で浮かれていたおれは、大して気にもとめなかった。

翌日は宿酔《ふつかよい》で、ごろごろと絨毯の上を転がっていた。

バダ族の人々はけろりとして仕事に精を出している。長老でさえ、杖をつきつき、子どもたちに指示していた。

呻きながらも夕刻、きちんと世話をされて元気を回復した駱駝に荷物を積んだ。昨夜、酔っぱらいながら一緒に行こうと誘ったので、ケルシュも自分の駱駝をひっぱりだしてきていた。まわらない頭ではあったものの、昨夜の歓待への感謝は忘れていなかったので、ケルシュと二人で村の中をゆっくりと歩き、あちこちに魔法を施した。おれは家々の柱に繁栄の呪文をつぶやきながら羊毛の紐を結んだ。ケルシュは少し離れた場所にわいている小さな泉に、豊かな水量を約束した。水汲みの子どもたちは、水がちょろちょろとわいていた岩間から迸るように噴きあがった飛沫に、大きな歓声をあげた。

村人たちの見送りを背中に出発したとき、行く手に〈女王の黄金〉がひときわ大きく輝いていた。

「ここからパドゥキアまではあと二日です。三日後には、パドゥキアの朝市に入っていますよ！」

シンドヤの声もはずむ。空もすっかり晴れて、満天の星となった。しばらく駱駝に乗ったのちに、手綱を引いて歩く。踏みしめる大地はしっかりとおれたちをうけとめてくれる。

と、ケルシュが隣にやってきた。

「喜びを見出すことだ」

と、唐突に言う。なんのことか、と視線をめぐらすと、太い眉毛をあげて意味ありげに見かえしてきた。

「長い年月を生きるのに必要なのは、日々の小さな喜びを噛みしめることだ。それがこつじゃ」

ああ、彼もこうした道を通ったのだな、とすぐに悟った。おそらく、ニーナからおれの様子を聞いたのだろう。それで助言をしてくれる気になったらしい。

「それから、目的を定めること。わしはパドゥキアに行って、ギデスディン大全の原本どおりに写本した本を作ってもらおうと思っておる。長い年月、幾多の人の手を経ると、文字はときどき異なるものになってしまうのでな。おぬしは昨日の羊皮紙の集大成を作ることだな。幸いわれらには時間がある。二十冊でも百冊でも、写し終えるまで待つ時間が。で、その時間を何に使うか、これまた新たな目的をもたねばな。時はあるが、無為にすごすための時ではないぞ。昨夜も言ったが、弟子を作れ。二人、三人、いや十人。それからあの娘の願いも叶えてやれ」

ケルシュは前を行くニーナに顎をしゃくった。

「あまりに考えすぎると、身動きがとれなくなる。どころか、そばに転がっている水晶を川原の石と同じにしてしまう。つかみそこねて自ら不幸を招くな。水晶を拾いあげてその輝きを愛でてこその幸福。そして、おぬしのような招福の魔道師自身が――魔道師としてはまったく稀有な存在であると自覚するがよい――幸福でなければ、どうしてまともな魔法が発動しようか。器を満たせ、お若いの。この星々の光でおのれをいっぱいにすることだ」

言うことを言うと、返事をする前にさっさと離れていった。おれはしばらく呆然と、その後ろ姿をながめていたが、やがてあきっぱなしになっていた口に気がついて、オオスナトカゲのように音をたてて閉じた。

次の休憩まで、言われたことをつらつらと考えて歩いた。星々のあいだを走りぬけていく流れ星をながめ、また考えた。グラーコの袋に手をのばし、羊皮紙がこすれる音を聞いた。駱駝が咳をし、身体中をゆさぶった。足元の草は、ケレレリ草という肉厚のものに変わっていた。夜光虫の一種だろうか、その茂みの一つに群がって薄青の光を発していた。

星でさえ流れる、とおれは思った。変わらぬものなどない。おれはずっとそれを嘆いてきていたようだ。変化をうけいれられず、自らを老人とおとしめて、かたくなに。

先を行くケルシュの足どりはきびきびとして若々しい。おれの二倍近くも年をとっているとはとても思えない。それが、内側から来る情熱のなせる業だと感じた。目的をもつこと、か。

次の休憩で火を熾《おこ》し、熱い香茶をすすりながら、さりげなくあたりを見まわした。ケルシュとシンドヤが何やら熱心に語りあっている。ときおり少女の笑い声が炎と共に爆《は》ぜる。あとは砂漠の静寂《しじま》ばかり。おれは身をかがめて、そっとニーナに話しかけた。

「ニーナ、しばらく、パドゥキアで暮らすことになると思う。グラーコの博物誌を二十部ずつ写本するあいだ……多分、十年くらい」

ニーナの表情は変わらなかったが、目尻がわずかに緊張したのがわかった。

「そのあいだ、魔道師の弟子も二人三人、とると思う。……それでもいいか?」

ニーナはちょっと険しい顔になった。刺々しい声音で答える。

「エンス。はっきり言ってよ。それでもいいかって、あんたはあたしにどうしてほしいの?」

ええい、気恥ずかしさなど転がして火にくべてしまえ。

「おまえを嫁にしたい。一緒に暮らしたい」

「今になって、どうしたわけ?」

刺々しさはやわらがない。ちょっと焦った。

「砂漠を旅してわかったんだ。おれはなんでも知っているわけではない。何百年も生きているのに、わかっていることは実に少ない。ヒムカエガエルにもシンキロウヒバリにも、オオスナトカゲにもはじめて会った。砂漠の旅そのものが毎日違う。……同じ日など二度と来ないのだと。だからおまえと一緒に、新しい、毎日が違う日々をすごしたい、そう思う。何百年生きていようと、普通の人間と同じ、おれだっていつ死ぬかわからない、そう悟った。ならば、本当にほしいものを願って口にするべきだと思った。その本当にほしいものが――」

ニーナの身体がぶつかってきて、しどろもどろの言い訳めいた懇願は、中途半端にとぎれた。ニーナがおれをおし倒した。暗闇の中で、彼女のうるんだ瞳と星々の光がきらめき、おれの心を満たしていった。

炎のむこうの闇に包まれた藪で、グラーコの笑い声がしたような気がした。ああ、それでいいんだな、リコ。すべては流れていく。その流れに、おれ自身もはまっているのだ。

シンドヤとケルシュが一瞬黙った。すぐにそのあと、まるで何事もなかったかのように、会話を再開した。

おれはニーナをやさしく抱きしめた。ずっと以前からこうしたかったのだと、ようやく気がついた。やれやれ。自分のことが一番わからないのが自分か。魔道師らしくもない。闇と光を同時に見てこその魔道師ではないか、と満ちたりた反省をした次第。

そう、夜空をおおう青い闇と星。いかにも満ちたりた天の景色だ。

解説

池澤春菜

あの魔道師が帰ってきた!!

二〇一三年に発行された、乾石智子初短編集、単行本版『オーリエラントの魔道師たち』に出てくる、このおおらかであっけらかんとした、魔道師に見えない魔道師は、乾石作品の中でも私の一番のお気に入り。

短編ゆえ、もう会えないかと思っていたら……

相棒との出会いと別れ、魔道師としての長い人生を彩る機微、そして思いもかけない新しい相棒の登場まで。正直、一日も早く、解説者特権としてゲラを読みたいが為にこの解説を引き受けた私にとっては、正に至福の読書時間でした。

まだ単行本版を読んでいない方も、乾石作品はこれが初めてという方も、手にとって損はない。本読み人生を賭けて、絶対のオススメマークをつけます!!

と、ここで言いたいことはほぼ言い切ってしまった感はあるけれど、さすがに三百三文字で筆を置くわけにはいかない。

なので、以下は一乾石智子ファンとして、同志へ。

この本を読んでいる人の中で、子供の頃に自分だけの魔法を考えなかった人はいますか？断言してしまうけれど、いないはず。ファンタジイが好きで、乾石智子が好きで、自分だけの魔法を夢見ない人……この地球上に、いや宇宙広しといえどもいるはずがない（宇宙人の中にもきっと乾石智子ファンはいると思う）。

あなたの魔法はなんでしたか？ お聞きしたいのは、空を飛んだり、動物と話したり、といった魔法の成果ではなく、魔法の根本。ソロモン王なら指輪、ハリー・ポッターなら魔法の呪文や杖、ハイタカにとっては真の名前。いわば、魔法の 源《みなもと》、魔法の公式、魔法のお作法、魔法の文法。

私の魔法は、言葉でした。

目で読む文字も、口で話す言語も、双方共に私にとっては魔法。

私が生まれたのはギリシャ。一歳のお誕生日には、十カ国の人がお祝いにかけつけてくれたそうです。

ミクロネシアの島が田舎代わり。海外で多くの時間を過ごし、アメリカとタイに留学をし、NHKのフランス語講座に出演し、中国は安徽省《あんきしょう》の農業大学茶葉学科に短期留学してお茶の資格を取得、父親の一人はアメリカ人。今まで関わりを持って来た言語は、ざっと日本語、英語、ギリシャ語、タイ語、中国語、フランス語。生まれたときから、今に至るまで、たくさんの言葉に囲まれて育ちました。

留学先や旅先で何度も経験した、今まで音でしかなかった言葉が、頭の中で繋がって意味を持って流れ出すあの瞬間。言葉という共通項で結ばれ、理解し合えた、あの瞬間。ヘレン・ケラーのウォーターを、びっくり度合いは少ないながらも、私も何度も体験しました。

話す言葉だけでなく、読む言葉もまた。

子供の頃から本が好きで好きで好きで。

大人になって、自分の時間を好きに使えるようになったのを良いことに、「寝食を忘れて本の世界に没頭する」という決まり文句を地でいく生活です。食事時も、入浴時も、眠りにはいるぎりぎりまで本を抱えています（お行儀悪くてごめんなさい。でも一人の時だけですよ、人といるときはちゃんと我慢しています）。なかなか思い悩むことの多かった子供の頃の私に「大人になるって良いよ。好きなだけ本が読めるよ。しかも本を読むと褒められたり、新しい本を送って貰ったり、好きなだけ好きな本について語るお仕事が来たりするんだよ」と教えてあげたい。

どんな世界にも、どんな時代にも、本の中でなら行くことができる。私と世界の何もかもを繋げてくれる。

どちらの場合も、言葉は扉。その向こうには、美しく、豊かで、広大な世界が無数にある。

これを魔法と呼ばずして、何が魔法でしょう。

だから、子供の頃からずっと魔法を使うなら言葉だと思っていました。大事なのは、本当の名前を、正しい形で、正しい順序で並べること。全てがきちんと形になったら、きっとプログラムや文法のように、何かが起こるに違いない！

不思議な力や、隠された血筋の秘密に頼るよりも、合理的で、自分の力で解明できそうな言葉という魔法の力に惹かれるのです。『紐結びの魔道師』の中で、リクエンシスが何度も試行錯誤しながら己の魔法を完成させていくように、言葉の奥を探っていったら、いつか魔法に出遇えるかも知れない。

乾石さんの『夜の写本師』には、本を使った「ギデスディンの魔法」が出てくる。これは私向きかも、と思ったけれど、一冊一冊書き写す手間を考えると……うん、やめておこう。

去年の夏、第一回創元ファンタジイ新人賞のトークイベントを拝聴しに伺いました。

選考委員の井辻朱美氏、乾石智子氏、三村美衣氏のお話は、それぞれの立場からファンタジイを語る内容で、すさまじく面白かったです。さながら赤の女王、白の女王、青の女王。壇上に並んで、言葉の剣でもってばったばったと切り伏せていく様は、壮観にして爽快！

例えば、ある作品の寸評の中で、乾石さんが仰った言葉、

「文章そのものはとても上手でした。構成もしっかりしていて。ただ、色がない、風がない、

それから匂いがない。ファンタジイには空気感が必要だと思うのですよ」

「ファンタジイには、柔らかい気持ちで世界を受け入れる姿勢が大切」

「どんな文化を持ってどんな暮らしをしているひとたちなのかが伝わってこない」

そしてある作品を賞賛した、

「ものすごく心地よく物語に入っていくことができました。次はどこへ連れて行ってくれるんだろう、というワクワク感がとても楽しくて。現実と、夢や幻との境目が曖昧《あいまい》で、その曖昧さが心地よかった。小道具の使い方が上手で、伏線もしっかり張られていて。ファンタジイの醍《だい》醐《ご》味《み》をちゃんと知っているひとだなと感じました」

これってそのまま、乾石作品を語る言葉でもあるな、と。色がある、匂いがある、空気感がある。文化があり、暮らしがある。その土台がしっかりしているからこそ、現実と違う世界を描きながらも、まるで少しだけ遠い異国のように、心地よく物語の中に入り込んでいくことができる。

そしてまた、こんなこともさらりと言っちゃう乾石さん……恐るべし。

「私、わりと好き嫌いが激しいものですから。一ページ目を読んでこれ以上読めないと思ったら、ブックオフに売ってしまうんです」

（東京創元社のウェブマガジン「Ｗｅｂミステリーズ！」からの引用：http://www.webmysteries.jp/sf/fantasy1510.html）

本書『紐結びの魔道師』の舞台は、オーリエラント。同じ世界を舞台にした〈オーリエラントの魔道師〉シリーズは、『夜の写本師』『魔道師の月』『太陽の石』『オーリエラントの魔道師たち』『沈黙の書』と、乾石作品という大地の背骨とも言える鉱脈をなしています。輝かしく、また昏《くら》く、尽きせぬ数々の鉱石がきらめくこの鉱脈。

各作品ごとに時代も、主人公も違うこの作品群の一番の主役は、世界そのものであり、そして何より魔法なのではないかと思うのです。

前述のギデスディンの魔法、獣《けもの》を操るウィダチスの魔法、人形と人体の一部を使って呪いをかけるガンディール呪法、悪に対して悪で制するマードラの呪法、人や獣を殺してその活力を手に入れるエクサリアナの呪法、死体を扱うプアダンの魔法、そして本書にも登場するカッシが扱う貴石占術。

なんと魅力的な魔法たち!! 登場人物に「ああ、これはあの人の子孫だな」「へぇ、あの作品で伝説のように語られていた人物は本当はこんな人だったんだ」と繋がりがあるように、魔法もまた、派生したり、ねじれたり、思いもかけない深化を遂げたり、さまざまな形でもって物語の随所を彩ります。使う人の数だけ、魔法が存在する……それはきっと、魔法が形骸化したものではなく、生きた魔法、人々との関わりの中で日々変わっていく、しなやかで強かな自然の力だから。

乾石さんの頭の中には、まだ見ぬ魅力的な魔法がたくさん潜んでいるのだと思う。重たい土と岩を布団に、大地の懐《ふところ》で、いつか太陽の下に出るのを待っている、未だ目覚めぬ鉱石たち。大地に降る雨や雪、日々の移り変わりによって、ゆっくりと育ち、いつか乾石さんによって取り出され、磨かれ、私たちの前にそのきらめきを現すその日を、ファンとしては、そわそわと、でもおとなしく座して待とうと思います。

最後に一つ。

実は私、ちょっと疑っていることがあるのです。

私たちのいるこの世界にも、魔法を使える人が隠れているのではないかと。

その人は、一度も見たことがない景色を、心の中にありありと映し出す魔法を持っています。会ったこともないのに、時に懐かしく、時に慕わしく、時に恐ろしく感じる人々。空気や、色や、人々や、心や、感情を、自在に紡ぎ出す。一度、その本のページを開いたら、脇目も振らず読むしかない。すがれた島の景色や、色鮮やかな異国の街、厳しくも美しい砂漠を旅して、ほっと息をつく。読み終わると、手近の紐を結んでみたくて、指がうずうずする。

それが魔法でなくてなんなのか。

ね？　この本を書かれた乾石智子さんは、たぶん……

1377	【コンスル帝国】グラン帝即位	
	【イスリル帝国】このころ内乱激しくなる	
1383	神が峰神官戦士団設立	
1391	【コンスル帝国】グラン帝事故死	
	内乱激しくなる	
1448		「冬の孤島」
1457		「紐結びの魔道師」
1461		「水分け」
		『太陽の石』
		デイス拾われる
1703		「形見」
1770	最後の皇帝病死によりコンスル帝国滅亡	
	【イスリル帝国】第三次国土回復戦、内乱激しくなる	
	【エズキウム国】第二次エズキウム大戦	
	エズキウム独立国となる	
	パドゥキア・マードラ同盟	
1771	フェデレント州独立　フェデル市国建国	
1785		「子孫」
1788		「魔道師の憂鬱」
1830	フェデル市〈ゼッスの改革〉	「魔道写本師」
		『夜の写本師』
		カリュドウ生まれる
		「闇を抱く」

〈オーリエラントの魔道師〉年表

コンスル帝国紀元(年)	歴史概要	書籍関連事項
1	コンスル帝国建国	「黒蓮華」
360	コンスル帝国版図拡大	
	北の蛮族と戦い	
450ころ	イスリル帝国建国	『魔道師の月』
		テイバドール生まれる
480ころ	【イスリル帝国】第一次国土回復戦／北の蛮族侵攻	
600ころ	【コンスル帝国】属州にフェデレント加わる	
807～	辺境にイスリル侵攻をくりかえす	「陶工魔道師」
840ころ	エズキウム建国（都市国家としてコンスルの庇護下にある）	
1150～1200ころ	疫病・飢饉・災害相次ぐ	
	【コンスル帝国】内乱を鎮圧／制海権の独占が破られる	
1330ころ	イスリルの侵攻が激しくなる	
	【イスリル帝国】第二次国土回復戦／フェデレント州を支配下に	
	コンスル帝国弱体化　内乱激しくなる	
1348	【エズキウム国】第一次エズキウム大戦	
1365		『太陽の石』
		デイサンダー生まれる
1371	【コンスル帝国・イスリル帝国】ロックラント砦の戦い	

収録作品中「紐結びの魔道師」は二〇一三年に小社より刊行
された『オーリエラントの魔道師たち』所収の作品の文庫化、
他の五編は書き下ろしです。

著者紹介　山形県生まれ，山形大学卒業，山形県在住。1999年教育総研ファンタジー大賞受賞。著書に『夜の写本師』『魔道師の月』『太陽の石』『オーリエラントの魔道師たち』『沈黙の書』『滅びの鐘』『ディアスと月の誓約』『炎のタペストリー』がある。

検印
廃止

紐結びの魔道師

2016年11月18日　初版
2018年7月6日　3版

著者　乾《いぬ》石《いし》智《とも》子《こ》

発行所（株）東京創元社
代表者　長谷川晋一

162-0814/東京都新宿区新小川町1-5
電話　03・3268・8231-営業部
　　　03・3268・8204-編集部
URL　http://www.tsogen.co.jp
振替　00160-9-1565
モリモト印刷・本間製本

ISBN978-4-488-52506-4　C0193